Christine Lendt

DUNKLE
GESCHICHTEN
AUS

Hamburg

Bildnachweis

Alle Bilder sind von Christine Lendt, außer:

S. 36: boysen – stock.adobe;

S. 51, 52, 54: Hamburger Unterwelten e.V / Oliver Wleklinski;

S. 58: Flo Beck / commons.wikimedia.org;

S. 60: 11 Uchristi / commons.wikimedia.org;

S. 78: GeoTrinity / commons.wikimedia.org;

Umschlagrückseite: Simone Friese.

1. Auflage 2020

Alle Rechte vorbehalten, auch die des auszugsweisen
Nachdrucks und der fotomechanischen Wiedergabe.

Umschlaggestaltung: r2 | Ravenstein, Verden

Layout und Satz: Schneider Professionell Design, Schlüchtern-Elm

Druck: Druckerei Zimmermann Druck + Verlag GmbH, Balve

Buchbinderische Verarbeitung: Buchbinderei S. R. Büge, Celle

© Wartberg-Verlag GmbH

34281 Gudensberg-Gleichen, Im Wiesental 1

Tel. 0 56 03 - 9 30 50   www.wartberg-verlag.de

ISBN 978-3-8313-3267-0

Inhalt

Vorwort

Dunkel … Es kann so vieles bedeuten: Die Abwesenheit von Licht im physikalischen Sinne, oft furchteinflößend, weil etwa ein dunkles Loch oder nächtlicher Park auch Ungewissheit bedeutet: Was mag sich dort nur verbergen, könnte es einem gar gefährlich werden? Oder Finsternis im Sinne von Kriminellen, Gewaltherrschern, die Menschen heimsuchenden Seuchen, Unglück, Leid und Tod in all ihren Facetten … Eine Metropole wie Hamburg hat während ihrer jahrhundertealten Geschichte schon von allem etwas mitgemacht. Historische Ereignisse wie die Franzosenzeit brachten auch düstere Machenschaften mit sich. Genauso finden sich in der Hansestadt immer noch Spuren von Katastrophen wie dem großen Brand im Jahre 1842, den Zeiten von Pest und Cholera und der großen Angst während des Kalten Krieges. Die Geschichten in diesem Buch greifen solche Begebenheiten auf, in jeder steckt also mindestens ein realer historischer Kern, einige haben sich auch komplett so ereignet. In anderen vermengen sich belegte Fakten mit Fiktion – so könnten Menschen es damals erlebt haben. Auch werden Sie bei der Lektüre dieses Buches dunkle Löcher, Keller, Kneipen, Bunker aufspüren. Vieles davon ist gar nicht so zwielichtig, wie es zunächst scheint, und birgt manche Geheimnisse. Bei einer großen Hafenstadt dürfen natürlich maritime Themen nicht fehlen: Schiffskollisionen, Schmuggel, die Leiden(schaft) der Seefahrt. Bestimmt finden Sie heraus, was real ist und wo die Fantasie beginnt. Zugleich verbergen sich in einigen Kapiteln Tipps, wo Sie sich einmal umsehen könnten, um noch mehr über Hamburgs dunkle Seiten zu erfahren.

Viel Freude bei der Lektüre und auch etwas Gänsehaut wünscht Ihnen

Ihre Christine Lendt

Balkone als Plumpsklos

Alsterwasser ist heute ein (nicht nur) bei Hamburgern beliebtes Getränk, bestehend aus Bier und Zitronenlimonade – das nordische „Radler", sozusagen. Es mundet besonders gut bei einem Picknick an den Fleeten und Kanälen, schmalen Wasserwegen, die von der Alster abzweigen, Hamburgs großem Binnengewässer inmitten der Stadt. Weil es dort überall so idyllisch ist und viele Brücken die Ufer verbinden, werden diese Quartiere der Elbmetropole mitunter sogar mit Venedig verglichen. Es ist ein traumhaftes Revier für Freizeitkapitäne, sie können hier mit Kanus, Kajaks, Ruder- oder Tretbooten besondere Perspektiven der Stadt erleben. An sonnigen Feiertagen geht es auf der weitläufigen Außenalster und den Kanälen zu wie auf einem maritimen Rummelplatz, vieles was schwimmt, wird zu Wasser gelassen. Die Alsterdampfer schieben sich dazwischen, kaum einer weiß, dass sie Vorfahrt haben (allenfalls die Segler und vereinzelte Paddler), und meist machen sich die Kapitäne mit einem gutmütigen Hupen bemerkbar. Dies ist schließlich Hamburch, wie man es hier ausspricht, und die Alster ist genauso wie die Elbe für alle da. Ja, so sieht sie aus, die heutige sonnige Seite der Hansestadt, doch viele Jahrhunderte lang hätte solch ein sorgloses Treiben auf dem Wasser vermutlich nicht funktioniert. Es hätte vielleicht ungefähr so ausgesehen: Ein glückliches Pärchen kuschelt sich ins Ruderboot, womöglich startet es sogar an der Liebesinsel im Stadtparksee, denn die ist mit dem Goldbekkanal verbunden und der wiederum mit der Alster. Und romantischer geht es doch wohl kaum, zumal diese üppig bewachsene und im Sommer erblühende Insel auch noch aussieht wie ein kleines Paradies. Verträumt paddelnd gelangt das Liebespaar schließlich in die Kanäle und Fleete, an denen die schmucken

Auch wenn dies vermutlich keine Toiletten-Balkone waren: Noch immer zieren prachtvolle Altbauten einige Fleete der Innenstadt.

mehrstöckigen Wohnhäuser, innen mit Stuck und Parkett, bis direkt ans Ufer reichen, sodass die Balkone quasi über dem Wasser schweben. „Ach, ist das herrlich hier!", seufzt die Geliebte, und ihr Geliebter entgegnet: „Ja, mein Schatz, das ist es." Die Gesichter beider nähern sich für einen Kuss, als jäh etwas Stinkendes, Braunes, Glitschiges von oben zwischen ihre Münder flatscht … Da diese Geschichte im 17. Jahrhundert spielt, hätten die beiden wissen müssen, was da alles von oben kommen konnte.

Viele Jahrhunderte lang war Hamburg ohne Abwasserentsorgung. Zum „Schietern", wie im Norden das große Geschäft heißt, und Pipimachen nutzten die Bürger Plumpsklos oder, sofern keins vorhanden war, schlichtweg Töpfe, Eimer, was auch immer man im Haus hatte. Waren sie gut gefüllt mit Exkrementen, wurde der Inhalt einfach in die Gassen oder Gewässer gekippt. Tonnenweise landeten Fäkalien und Urin in den Wasserläufen der Kaufmannsstadt. Auch der Abfall wuchs den Hamburgern damals fast wörtlich über die Köpfe. So sammelte sich neben den Fäkalien auch bergeweise Unrat in den Gassen und auf den Plätzen. Es verbreitete sich ein bestialischer Gestank.

Wer direkt am Wasser wohnte, sparte sich die Mühe, Treppen herabzusteigen und Eimer zu transportieren. Solche glücklichen Bürger begaben sich zum Schietern in ihre persönlichen Lauben, das waren Loggias, also umwandete Balkone, die zugleich wie ein Plumpsklo funktionierten. Das, was hinten aus den Bürgern rauskam, landete zielsicher in den Fleeten. Nun, man muss dazu sagen, dass seinerzeit wohl kaum jemand zum reinen Vergnügen hier herumpaddelte.

Das Trinken von Alsterwasser erfolgte damals noch wörtlich, zumindest nutzten es viele Hamburger zum Kochen oder Waschen. Sie entnahmen es den Fleeten, teils nahe von Häusern mit Plumpsklo-Balkonen. Ob man sich dachte, naja, das verdünnt sich doch, oder es einfach ignorierte, ist nicht bekannt.

Besonders spaßig muss es teilweise dort gewesen sein, wo sich „Wasserkünste" befanden, die ersten Wasserwerke an der Binnenalster, die ab Mitte des 16. Jahrhunderts entstanden und mithilfe von Windrädern funktionierten (mehr dazu in der

Geschichte „Das Flüstern der Fledermäuse", S. 11). Wie Bilder aus der Zeit belegen, befanden sich mitunter eine Wasserkunst und Lauben am selben Haus. „Auf der einen Seite wurde in die Alster geschietert, auf der anderen das Wasser hochgepumpt", erklärte Katrin Hoyer vom Informationszentrum WasserForum in einem 2015 auf ndr.de veröffentlichten Beitrag. Brunnen waren damals noch selten, und die, die es sich leisten konnten, taten sich zusammen, um Leitungen zu Quellen außerhalb der Stadt verlegen zu lassen.

Andere wohlhabende Bürger ließen sich das Wasser von einem Wasserträger bringen. Hier hat Hamburg sogar einen Prominenten vorzuweisen: Fast jeder im Norden kennt Hans Hummel, viele indes wissen nicht, dass er eigentlich Johann Wilhelm Bentz hieß. Er lebte von 1787 bis 1854 in der Hansestadt. Auf den wohl bekanntesten Wasserträger ist ein berühmter Gruß zurückzuführen: „Hummel, Hummel!" Und als Antwort: „Mors, Mors!" Ersteres riefen die Kinder in der Umgebung, wenn sie dem schwer beladenen Wasserträger Bentz hinterherliefen und ihn damit verspotteten. Bentz' Arme jedoch waren durch die Last des hierbei „Dracht" genannten Jochs mit den beiden daran befestigten Eimern gebunden, also konnte er sich nur mit Worten wehren. Er antwortete mit „Mors, Mors!", dem plattdeutschen Wort für das menschliche Hinterteil. Auslegungen zufolge kürzte der schlagfertige Wasserträger damit den Ausruf „Klei mi an 'n Mors" ab, was so viel wie „Kratz mich am Hintern" bedeutet. An Bentz erinnert in der Hamburger Neustadt eine Statue aus Muschelkalk. Sie steht auf einem Platz beim Rademachergang und wurde 1938 von dem Bildhauer Richard Kuöhl entworfen. Beauftragt haben sollen ihn die Nationalsozialisten, um eine Identifikationsfigur für die Bürger der Neustadt zu schaffen. Wer bei dem Denkmal steht und den Blick Richtung Westen wendet,

In der Hamburger Neustadt werden der Hummelmann und die Lausbuben beinahe wieder lebendig.

also zur Straße Kohlhöfen hin, entdeckt an einer Hausecke eine weitere Figur, ebenfalls kreiert von Richard Kuöhl: Ein kleiner Junge streckt dem Wasserträger frech grinsend seinen nackten „Mors" entgegen, womit der Künstler die Geschichte des Hamburger Grußes wohl noch greifbarer machen wollte. Der Ausruf „Hummel, Hummel" sowie der Spitzname von Bentz sind übrigens auf seinen Vorgänger zurückzuführen, den Stadtsoldaten Daniel Christian Hummel. Er trug also tatsächlich diesen Nachnamen und brachte den Hamburgern das Wasser. So geht es zumindest aus einigen Quellen hervor. Nach seinem Tod übernahm Bentz demnach diesen Job und wurde fortan auch als „Hummelmann" bezeichnet. Anderen Historikern zufolge wurde der Name lediglich auf Bentz übertragen, weil dieser in die Wohnung von Daniel Christian Hummel einzog, nachdem der verstorben war. Wie dem auch sei, der Ausruf der Lausbuben und die Antwort des Wasserträgers werden immer noch gern mal als „Hamburger Gruß" bezeichnet, wohl weil es früher durchaus üblich war, dass Hamburger in anderen Regionen damit willkommen geheißen wurden. Tatsächlich handelt es sich hierbei aber eher um einen Schlachtruf. Hamburger Soldaten verwendeten ihn im Ersten Weltkrieg als Erkennungszeichen, auch beim Fußball oder bei anderen Veranstaltungen ist er mitunter zu hören. Bevor es den Hummelmann gab, übernahmen meist Wasserträgerinnen diese Aufgabe. Sie zählte damals zu den wenigen Tätigkeiten, die Frauen ausüben durften. Vielleicht fand man, dies ergänze sich perfekt mit den Aufgaben einer Hausfrau. Um die Figur mit den beiden von den Schultern herabhängenden Zehn-Liter-Eimern kursieren übrigens noch weitere Geschichten. Manche meinen, es wurde darin nicht nur Trinkwasser gebracht, sondern es seien auch Fäkalien damit abtransportiert worden. Einige gehen sogar so weit zu verkünden, dass der Wasserträger seinen Mantel weit öffnete, damit Bürger mit Sichtschutz in seine Eimer schietern konnten. Angesichts der kreativen Ideen, mit denen sich die Bürger der Hansestadt behalfen, könnte es sich tatsächlich auch so ereignet haben. Alle, die wissen möchten, wie es sich anfühlt, mit solch einem Gehänge unterwegs zu sein, können es im WasserForum des Stadtversorgers Hamburg Wasser einmal ausprobieren.

Das Flüstern der Fledermäuse

Ihre Gummistiefel hinterlassen ein schmatzendes Geräusch, es ist noch feucht auf den Wiesen der Elbinsel, und alle hoffen, dass es nicht noch einmal regnen wird. In der Abenddämmerung wirken die runden Schieberhäuschen mit ihren spitzen Kegeldächern wie Zwerge, die neugierig „Iss mich"-Kekse verspeist haben und wie Alice im Wunderland zu einer ungewöhnlichen Größe herangewachsen sind. Stumm stehen sie vor den Speicherbecken, deren dunkle Wasseroberfläche nun alle Blicke auf sich zieht. Denn hier, genau hier, könnte es jederzeit passieren.

„Sie sind ganz wild auf Mücken, und davon gibt es hier besonders viele", erklärt die Frau mit dem seltsam aussehenden Gerät in der Hand. Mit einem Mal knackt es darin, kurz darauf flattern Fabelwesen über das Wasser, um sogleich wieder von der Dunkelheit verschluckt zu werden.

„Da! Das waren doch welche, oder?" Ein Mittvierziger hüpft aufgeregt wie ein kleiner Junge, der Rest der Gruppe vereint sich in kollektivem Raunen, denn es erscheinen noch mehr Flatterwesen und vollführen akrobatische Flugmanöver.

Die Frau mit dem Handgerät nickt. „Ja, und nun können wir sie auch hören." Ihre schlanken Finger drücken einen Knopf, wieder ist das Knacken zu hören. „Es handelt sich hierbei um die übersetzten Ultraschallsignale", sagt die Fledermausexpertin und hält das Gerät hoch. „Dies ist ein Bat-Detektor. Nur was sie erzählen, verstehen wir natürlich nicht."

Der Mann in den besten Jahren aber wundert sich darüber. Für ihn klingen die Laute wie ein Flüstern, und er entfernt sich ein wenig von der Gruppe. Nun kann er sogar Worte erkennen.

„Pest und Cholera rafften Hamburg dahin, nur wir, wir sind noch immer da", singt eine hohe Stimme direkt über ihm. Er hebt den

Kopf und erkennt, wie die spitzen Zähne des Fledermausweib-
chens ein Grinsen zu formen scheinen, wie die langen Öhrchen
sich lauschend aufstellen.

Irritiert schaut der Mann zu den anderen Teilnehmern der Füh-
rung, doch sie scheinen es gar nicht zu bemerken. Stattdessen
hängen sie an den Lippen der Expertin. „Hier auf Kaltehofe lebt
ungefähr ein Drittel der in Deutschland vorkommenden Fleder-
mausarten", erläutert sie sachlich. „Das dort", ihre Finger zeigen zum Speicherbecken, „sind Große Abendsegler. Außerdem
leben hier zum Beispiel die Wasserfledermaus und die Rau-
hautfledermaus. Man erkennt die verschiedenen Arten an ihren
Rufen. Jede Fledermausart hat dabei eine besondere Charakte-
ristik und nutzt bestimmte Frequenzbereiche."

Der Mann aber will mehr wissen über diesen seltsamen Ort. Als
es im Detektor nochmals knackt, ist die hohe Stimme wieder da.
„Aale in den Wasserleitungen, pfui, pfui, doch was das Verder-

Die Speicherbecken mit den wilhelminischen Schieberhäuschen gibt
es noch immer.

ben brachte, war winzig klein und fraß sich bald durch Hamburg", singt das Flatterweibchen zynisch, bleckt die Zähnchen und verschwindet im Dunkeln. Der Mann reibt sich die Augen. Womöglich ist er verrückt geworden. Er lauscht und lauscht, doch das Flüstern der Fledermäuse ist den knackenden Geräuschen des Detektors gewichen. Vielleicht kann die Expertin helfen.

„Ähm, das hier ist doch eine ehemalige Wasserfiltrationsanlage?" Zögernd geht der Mann auf die Gruppenleiterin zu, mit einer Armbewegung zum Speicherbecken weisend. Die Zwerge haben sich in runde Backsteinhäuschen verwandelt. „Was hat es eigentlich damit auf sich?"

„Ganz genau", entgegnet die Dame und schaltet den Detektor aus. „Sie wurde im Mai 1893 in Betrieb genommen, nachdem in den Jahren davor die Speicherbecken errichtet worden waren. Die wilhelminischen Schieberhäuschen", sie zeigt zu den kleinen Backsteingebäuden, „dienten der Filtration. Es floss jeweils durch ein Häuschen verschmutztes Elbwasser in das Becken, wo es sandgefiltert wurde. Von dort wurde es über das zweite Häuschen zum nächsten Becken geleitet." – „Aha", entfährt es unisono der Gruppe, die nun auch hört, dass Franz Andreas Meyer die schmucken Häuschen entworfen hat, kein geringerer als der Architekt, der für die Planung und Gestaltung der Hamburger Speicherstadt verantwortlich war, heute Weltkulturerbe der UNESCO.

Nun deutet die Frau zum Hauptgebäude der Elbinsel mit seinen Türmchen und gelben Backsteinfassaden. „Und hier, in dieser Villa, befand sich noch bis 1990 die Außenstelle des 1892 neu gegründeten ‚Hygienischen Staatsinstituts'. Es wurden dort Wasserproben ausgewertet, um weiteres Elend zu vermeiden."

Weiteres Elend? Um dies zu verstehen, hilft ein Blick auf die Vorgeschichte von Kaltehofe. Wasserwerke gab es in Hamburg bereits ab Mitte des 16. Jahrhunderts. Sie entstanden mitten im Zentrum der Stadt, rund um die Binnenalster, und wurden euphorisch „Wasserkünste" genannt. Ihr Funktionsprinzip war simpel und doch raffiniert: Das Wasser wurde per Windkraft in Behälter gepumpt, die sich im Dachgeschoss der Gebäude befanden. Von dort aus gingen Leitungen zu den benachbarten Häusern ab, sodass sich das Wasser in der jeweiligen Gegend verteilen konnte. Nur kam das Wasser aus der Alster, in die Hamburgs Bürger wiederum unbesorgt so ziemlich alles hineinkippten, was entsorgt werden musste, neben Abfällen auch Giftstoffe wie Blei und Arsen, die bei Handwerkern wie den Färbern anfielen.

Im späten 19. Jahrhundert waren zumindest die Haushalte der reichen Bürger mit eigenen Wasserspeichern auf den Dachböden ausgestattet, allerdings befand sich darin unfiltriertes Elbwasser und so manches, was für gewöhnlich darin schwimmt, Aale und andere Fische. Während solche großen Viecher allenfalls für Ekel sorgten, wenn sie aus der Leitung glitschten, lauerte dort schon bald eine fast unsichtbare Gefahr – für das menschliche Auge nicht wahrnehmbare Mikroorganismen. So hatte es fatale Folgen, dass die Stadtväter beim Bau der Stadtwasserkunst in Rothenburgsort auf Filter verzichteten, um Kosten zu sparen. Obendrein waren viele damals der Ansicht, dass Filtration lediglich dazu nütze, unschöne Trübungen im Wasser zu beseitigen. Ein schwerwiegender Trugschluss. Bakterien gelangten über die Trinkwasserleitungen in die Haushalte. Man schrieb das Jahr 1892, als in Hamburg die Cholera ausbrach und sich zur Epidemie entwickelte.

Robert Koch reiste an und war bestürzt über die Lage: „Als ich nach Hamburg kam, glaubte ich, ein paar Kranke anzutreffen, von denen man nicht recht wüsste, ob sie die Cholera hätten oder nicht. Aber wie anders habe ich es gefunden. Überall Menschen, die noch wenige Stunden vorher vor Gesundheit strotzend lebensfroh in den Tag hineingelebt hatten und nun in langen Reihen dalagen", schrieb der Namensgeber des heutigen Bundesinstituts für Krankheitsüberwachung und -prävention seiner Geliebten am 25. August 1892 in einem Brief.

Es war ein heißer Sommer, der Wasserstand der Elbe war bei Ebbe so niedrig wie schon lange nicht mehr. So fanden die Keime ideale Bedingungen vor, um sich zu vermehren. Bei Flut strömte kontaminiertes Hafenwasser in die Rothenburgsorter Anlage, von dort gelangten die Cholerabakterien über die Wasserleitungen in die Haushalte. Damals hatte Hamburg rund 640 000 Einwohner. Fast 17 000 erkrankten, ungefähr die Hälfte davon erlag den Folgen der Infektion. Nun erst fiel auf, was versäumt wurde, denn im benachbarten Altona – es gehörte damals noch zu Dänemark – gab es weitaus weniger Cholerafälle. Dort wurde das Trinkwasser bereits über Sandfilter gereinigt. Hamburg reagierte prompt. Pläne für eine Sandfilteranlage auf der Elbinsel Kaltehofe lagen bereits in der Schublade, nun wurden sie im Jahr 1893 umgesetzt. Um die Epidemie unter Kontrolle zu bekommen, richtete die Stadt öffentliche Stellen ein, an denen sich die Bürger mit abgekochtem Wasser versorgen konnten. Fuhrwerke brachten sauberes Trinkwasser in die Bezirke. Die Bürger wiederum mussten ihre Wasserkästen gründlich desinfizieren, wobei Chlorkalk verwendet wurde.

Im Jahr 1990 ging die Filtrationsanlage in Kaltehofe vom Netz, das Trinkwasser kam nun aus dem Tiefbrunnen. Seit 2011 erwacht die Elbinsel zu neuem Leben. Auf dem Gelände entstand ein Natur- und Erholungspark. In der Stiftung Wasserkunst Elbinsel Kaltehofe vereint sich die historische Industriearchitektur mit neu erblühendem Gelände. Neben den Fledermäusen sind eine artenreiche Vogelwelt und rund 280 Pflanzenarten eingezogen. Ein ökologischer Naturlehrpfad führt durch das Gelände. In der historischen Villa und einem Museumsneubau befindet sich eine Dauerausstellung, dafür wurde die Geschichte von Kaltehofe aus Sicht der damaligen Arbeiter und Bewohner rekonstruiert.

Aber es gibt noch ein dunkles Kapitel in dieser Geschichte. Ein Denkmal auf dem Gelände des ehemaligen Wasserwerks erinnert an das Elend von ausländischen Zwangsarbeitern. Viele Hunderte von ihnen mussten im Zweiten Weltkrieg für die damaligen Hamburger Wasserwerke arbeiten, darunter auch etliche Kriegsgefangene, die vor allem aus Italien stammten. Auch ein Arbeitskommando mit 200 Häftlingen des KZ Neuengamme kam zum Einsatz. Das Denkmal wurde 2016 vom städtischen Versorgungsunternehmen Hamburg Wasser eingeweiht.

Platzende Geschwüre und ausblutende Körper

Ein Ort in St. Pauli – einst noch eine Vorstadt von Hamburg, heute bekannt für sündige Meilen und Feiern, bis der Arzt kommt –, im frühen 18. Jahrhundert: Blut spuckende Menschen winden sich auf Laken, die längst ausgewechselt hätten werden sollen. Einige darben zu zweit in einem Bett dahin, da der Platz für die vielen Leidenden nicht ausreicht. Dunkle Flecken und Geschwülste, manche so groß wie Orangen, platzen aus ihrer Haut. Für einige ist der Schmerz derart unerträglich, dass sie sich selbst die Haare ausreißen. Andere sind längst tot und liegen mit verdrehten Augäpfeln da, bis sie abgeholt werden. Doch nicht nur epidemische Aussätzige werden hier im Pesthof untergebracht, genauso auch psychisch Kranke und Arme ohne Obdach. Rund 250 Menschen sind es 1662, und es werden immer mehr. Ihre Zahl wächst in den folgenden zehn Jahren auf 410.

Dieselbe Adresse Mitte des 19. Jahrhunderts: Ausblutende Körper hängen in einem Gewölbe unter der Erde. Messer werden gewetzt, Knochen zersägt, das Fleisch zerteilt. Ein Bauernbursche steht mitten im Raum und reibt das Blut seiner Hände auf seinen Kittel, damit sie etwas sauberer werden. Dann macht er sich wieder an sein Werk. Der Bursche heißt Johann Dittmer Koopmann und er wird sich als gewiefter Geschäftsmann erweisen.

Zurück ins Jahr 1712: Im Herbst fällt der Schwarze Tod abermals über Deutschland her. Auch die Hamburger wissen, was sie nun erwartet, seit dem Mittelalter wütete die Pest immer wieder in der Stadt, nach einigen Jahrzehnten der Ruhe kehrt sie stets wieder zurück, und so ist es auch dieses Mal. Doch niemand ahnt, dass es der heftigste Ausbruch der Neuzeit sein wird, jeder siebte Einwohner erliegt der Seuche, insgesamt lassen rund 11000 Hamburger dahinsiechend und vor Schmerzen schreiend ihr Leben. Vor dem Dammtor häufen sich die Leichen in einem Massengrab, ein Pesthügel entsteht. Nach etwas mehr als einem Jahr dann endlich ist es vorbei. Die Epidemie ebbt ab und hinterlässt die Angst vor neuen Ausbrüchen.

Erstmals brach die Pest bereits im Juni 1350 über Hamburg herein. Damals verstarb daran fast die Hälfte der Hamburger, etwa 6000 Menschen waren es. Die Bürger waren hilflos gegenüber der neuen Krankheit, Panik machte sich breit, es führte dazu, dass Eltern ihre kranken Kinder verstießen und Geißler Buße predigend durch das Land zogen. Die Seuche war 1333 in China ausgebrochen; auf seinem Weg in den Westen hinterließ der Schwarze Tod eine Schneise des Elends. Ganze Städte erloschen, insgesamt rund 43 Millionen Menschen verreckten, davon mehr als die Hälfte in Europa.

In Hamburg wurden Betroffene während der letzten Epidemien in das Pestkrankenhaus im Eichholz gebracht, nahe den heutigen Landungsbrücken. Doch schon bald vermochte es die Masse an Dahinsiechenden nicht mehr aufzunehmen. Rat und Bürgerschaft beschlossen, einen neuen Pesthof einzurichten, in St. Pauli, an der Grenze der beiden damals noch getrennten Städte Altona und Hamburg. Er wurde auf dem Platz mit der heutigen Adresse Clemens-Schultz-Straße 94–96/Ecke Annenstraße 34–36 gebaut. Heute stehen dort Wohnhäuser und es dringen die Klänge von Partys durch die Gemäuer.

Weil der Platz immer knapper wurde, ließ man den Pesthof im Laufe der Zeit baulich erweitern. Fast schon paradox mutete die idyllische Gestaltung des von einem Wassergraben umschlossenen Geländes an, das eine Kastanienallee mit dem Millerntor verband und zu dem auch Gärten gehörten. Ein Portal mit einer über den Graben führenden Brücke bildete den Zugang.

Als sich das 18. Jahrhundert dem Ende neigte, erwies sich die Bezeichnung Pesthof jedoch als nicht mehr zeitgemäß, manche hielten sie gar für anstößig. Fortan war stattdessen vom „Kranken-Hof" die Rede. Sein Ende kam mit der Besatzung Hamburgs durch Napoleon. Nachdem die Anlage bereits im Jahre 1806 aufgelöst worden war, fackelten die Franzosen sie schließlich ab, zusammen mit dem Rest der Vorstadt St. Pauli. Es geschah in der Nacht vom 3. auf den 4. Januar 1814. Sechs Jahre später stand St. Pauli wieder, doch wo sich der Kranken-Hof befunden hatte, war nun Weideland entstanden. Für die Versorgung von Kranken und Verletzten wurde ein neues Krankenhaus im Stadtteil St. Georg gebaut. Dort befindet sich noch heute eines.

Der Eiskeller, ehemals Pesthof, befindet sich unter einem Haus an der Clemens-Schultz-Straße/Ecke Annenstraße.

Rund hundert Jahre später blickt Johann Dittmer Koopmann stolz auf sein Werk. Seine Export-Schlachterei läuft gut, sie brachte bereits so viel ein, dass er in Güter und Hofanlagen investieren konnte, um sie zu erweitern. Bald gehören ihm auch innerhalb Hamburgs einige Gebäude, darunter drei Häuser in St. Pauli, die über einen Gewölbekeller miteinander verbunden sind. Sie nehmen ein dreieckiges Grundstück ein und haben die heutige Adresse Clemens-Schultz-Straße 94–96/Ecke Annenstraße 34–36, und unter ihnen befindet sich nun „Ein gewölbter Eiskeller unter dem Hofplatz", wie 1863 erstmals aus Unterlagen der Feuerkasse hervorgeht. Heute wird dieses Gewölbe manchmal auch „Pesthof" genannt, doch es handelt sich um ein neueres Bauwerk am selben Platz der einstigen Einrichtung für schwer Erkrankte.

Die korrekte Bezeichnung für das heute noch vorhandene Tiefbauwerk lautet „Koopmannscher Eiskeller". Es ist einer der letzten in Hamburg noch vorhandenen Eiskeller. Solche unterirdischen Räumlichkeiten nutzte man für die Herstellung und Lagerung von leicht verderblichen Lebensmitteln. Der Effekt der kühlenden, konservierenden Eigenschaft des Eises und die damit erzeugte künstliche Kälte zur Kühlung von Produkten lassen sich bis in die Antike zurückverfolgen.

Der Eiskeller in der Clemens-Schultz-Straße/Ecke Annenstraße befindet sich größtenteils innerhalb des Hofes der Parzelle 43. Über ihm erhebt sich lediglich ein Teil der gründerzeitlichen Bebauung der Clemens-Schultz-Straße 94. Wer den aus Ziegelsteinen gemauerten Gewölbekeller betritt, kann kaum noch erahnen, wie er einst genutzt wurde. Fachkundige erkennen, dass unter anderem das Bodenniveau angehoben und mit einer Betonsohle versehen worden ist. Neben der heutigen Treppenanlage befindet sich ein schmaler Raum mit Wandöffnung, vermutlich diente er als Vorraum mit Schleusenfunktion zum Eiskeller. Dazu passt die Beobachtung, dass dicke Türangeln auf der Rückseite der Wandöffnung ins Mauerwerk eingelassen wurden. Sie waren in der Lage, ein massives Türblatt zu halten, das nötig war, um die kältehaltende Räumlichkeit zu verriegeln. Als weitgehend gesichert indes gilt, dass sich in dem Gewölbe 1921 genehmigte Räucheröfen befanden. Darauf deuten Vertiefungen im Mauerwerk hin, die rechts und links des Schornsteines zu erkennen sind. Der Schlot aus dem 19. Jahrhundert hat eine beachtliche Größe, er ragt im Innenhof weit über die Traufkante hinaus. Er ist immer noch vorhanden, genauso wie das Kellergewölbe, über dem sich heute eine Bar befindet.

Der Fall Maria Katharina Wächtler

Es war ein Bürgerhaus in bester Innenstadtlage, und man könnte meinen, dass vor der Rotklinkerfassade mit ihren schlanken, weißen Fensterrahmen sich noch eine weitere Fassade befand. Sie war unsichtbar und verkündete: Hier leben nur ehrbare Menschen. Es waren vor allem Kaufleute mit ihren Gattinnen und Kindern, deren Mündern niemals ein freches Wort entsprang. Solch ehrbare Menschen waren Maria Katharina Wächtler und ihre Familie, da waren sich die Nachbarn sicher. Also konnte es doch gar nicht angehen, dass erstickte Schreie aus ihrer Wohnung kamen. Einige von ihnen meinten, welche Abend für Abend durch die Wände dringen zu hören, nachdem Marias Mann Adolf nach Hause gekommen war.

Nur für eine Nachbarin existierte die unsichtbare Fassade nicht, nennen wir sie Getrud Schlotfeld. Wann immer sie das Treppenhaus mit dem geschwungenen Geländer zum Glänzen gebracht und das Schild mit der Aufschrift „Frisch gebohnert!" zum Schutze aller Hausbewohner unten im Eingangsportal aufgestellt hatte, hielt sie inne, den Blick über das Ergebnis ihrer Bemühungen schweifen lassend. Oft dauerte es höchstens wenige Minuten, bis sie es vernehmen konnte. Geräusche wie ein Klatschen auf nackte Haut, vielleicht mit einem Lederriemen, die Schmerzenslaute einer Frau, das leise Weinen eines Mädchens und manchmal, da hörte sie den Adolf sogar brüllen. Einmal trat in dem Moment Frau Krämer von nebenan in den Hauseingang, um sich in den Badekeller desselben Hauses zu begeben. Frau Schlotfeld warf ihr einen besorgten, vielsagenden Blick zu. Man müsste doch mal etwas tun gegen die ständigen Misshandlungen der Katharina Wächtler durch ihren Ehemann, sagte dieser Blick. Doch Frau Krämer schob sich schweigend an der Nachbarin vorbei, und kurz darauf vernahm Frau Schlotfeld nur noch, wie sich wenige Stufen weiter unten heißes Badewasser in die Wanne ergoss, die alle Hausbewohner für eine wöchentliche Körperpflege nutzen durften. Später sollte sich herausstellen: Alle Nachbarn hatten es gewusst. Niemand war Katharina Wächtler oder ihrer kleinen Tochter zur Hilfe gekommen. Und Frau Schlotfeld putzte beflissen weiter. Eines Tages vernahm sie keine Laute mehr aus der Wohnung von Katharina Wächtler. Hatte sie sich doch alles nur eingebildet?

Unterdessen ereignete sich etwas an der Straße, die die beiden Hansestädte Hamburg und Lübeck verband. Zwei Knechte waren am Morgen des 28. Februar 1786 mit dem Fuhrwagen unterwegs, um Holz vom Voigt zu holen. Nahe des Dorfes Lütjensee wäre ihr Wagen beinahe über etwas gerollt, das mitten auf der Straße lag und wie ein etwas unförmiges Paket aussah. Abrupt ließ der Fuhrmann die Pferde stoppen. Die Knechte sprangen vom Wagen und betrachteten das, was da vor ihnen lag. Irgendetwas war da in Matten eingerollt worden und womöglich von einem anderen Fuhrwagen unbemerkt auf die Straße gefallen. Kurzerhand packten sie den Gegenstand auf ihren Wagen und fuhren damit weiter nach Lütjensee, wo sie die Matten vorsichtig voneinander lösten. Zum Vorschein kam ein blutiger Sack, den niemand so recht zu öffnen wagte und der einen unangenehmen Gestank verströmte. Eine grausige Ahnung überkam alle Anwesenden. Inzwischen waren einige Passanten hinzugekommen und ebenfalls neugierig auf den Inhalt des Pakets geworden. Zögernd machte sich einer der beiden Knechte an dem Sack zu schaffen, ganz steif war der Knoten von dem geronnenen Blut geworden. Die Blicke der rundherum versammelten Menschen fielen auf die Überreste eines menschlichen Körpers, ein toter Mann ohne Kopf und Hände.

Mit einem Aufschrei stob die Menschenmenge auseinander. Die beiden Knechte luden, Würgereize unterdrückend, den wieder notdürftig in die Matten gerollten Sack auf ihren Wagen, um ihn der Obrigkeit zu bringen. Doch weder der Holzvoigt noch ihr Herr, der Bauernvoigt, wollten sich der Sache annehmen. Auch die Dorfbewohner waren längst in ihren Häusern verschwunden und niemand wollte den beiden Knechten die Türe öffnen, als sie sich Hinweise erhofften. Also fuhren sie zur Fundstelle zurück und warfen das Paket wieder dorthin, wo es gelegen hatte.

Am Abend desselben Tages passierte die Lübecker Fahrpost dieselbe Straße etwas weiter südlich. Wie seinerzeit üblich, wurde sie von Wachsoldaten begleitet. Plötzlich scheuten die Pferde, auf der Straße lag ein offener, leinener Beutel. Als der Korporal hineinblickte, fand er darin, in ein blutiges Tuch gehüllt, einen Menschenkopf und zwei Hände. Mit der grausigen Fracht an Bord ging es nun weiter, bis die Fahrpost schon nach kurzer Strecke jene Stelle erreichte, an der die beiden Knechte das Paket abgeladen hatten. Wie ein Puzzle aus Haut und Knochen hatte der Wachmann nun den kompletten Leichnam von Adolf Wächtler vor sich. Schon bald konnte er dem Hamburger Kaufmann zugeordnet werden.

Auch darüber, wer die Tat begangen haben musste, waren sich die Ermittler schnell einig. Nachbarinnen des Getöteten berichteten von der gequälten Ehefrau, ja sogar deren eigene Tochter sagte gegen sie aus. Maria Katharina Wächtler hat ihren gewalttätigen Mann in der gemeinsamen Wohnung erschlagen und anschließend zerstückelt, lautete die Anklage. Anschließend verteilte sie die verpackten Leichenteile während einer Kutschfahrt auf der Straße nach Lübeck. Zeugen wollten zumindest beobachtet haben, wie die Angeklagte mit verdächtigen Paketen in einer Kutsche Richtung Lübeck unterwegs war. Ihr drohte nun als Höchststrafe die Hinrichtung.

Um das Urteil fällen und vollstrecken zu können, mussten jedoch Berichte von Augenzeugen den Mord bestätigen oder ein Geständnis der Täterin vorliegen. Doch Maria Katharina Wächtler weigerte sich die Tat zuzugeben. Also nahm das Gericht Abstand davon, die Todesstrafe zu verhängen, trotz aller Einwände der Senatoren, die empört darauf hinwiesen, dass ganz Hamburg von der Schuld Wächtlers überzeugt sei. Zu erdrückend war die Beweislage, nachdem der Jurist Malten beauftragt worden war, den Fall noch einmal aufzurollen und schließlich eine lückenlose Kette von Indizien nachweisen konnte. Allein die Tat selbst wollte niemand beobachtet haben, und die Angeklagte schwieg weiter. Um ein Geständnis zu erzwingen, wurde sie zwei Jahre lang auf grausame Weise gefoltert. Am Ende hielt sie den Qualen nicht mehr stand und sagte schließlich aus, ihren Mann getötet zu haben.

Der andauernde Prozess sorgte für großes Aufsehen in der Öffentlichkeit. Die Hamburger forderten lautstark die Hinrichtung von Maria Katharina Wächtler. Von den traurigen Hintergründen der Tat indes hörte man wenig.

„Am Mittenwochen, den 3ten September 1788 bekam die Mörderin und Inquisitin Wächtler un hamburgischen Niedergericht folgendes Urteil: Sie solle in einer haarnen Decke und mit fliegenden Haaren zum Richtplatz hinausgeführt, daselbst lebendig gerädert, ihr Kopf auf einen Pfahl gesteckt, und ihr Körper auf dem Richtplatz verscharret werden." So verkündete es ein Flugblatt.

Bis heute ist nicht geklärt, ob Maria Katharina Wächtler ihren Mann wirklich umgebracht hat oder nur gestanden hat, um die unerträglichen Folterqualen zu beenden. Offen sind auch noch immer einige Fragen: Warum sollte die geplagte Ehefrau mit zwei so ungewöhnlichen Gepäckstücken auf einer Kutsche unterwegs gewesen sein und diese auch noch während der Fahrt abgeworfen haben können, ohne dass dies bereits in dem Moment jemandem aufgefallen wäre, etwa dem Kutscher oder mitreisenden Personen? Handelte es sich nicht womöglich doch um eine Postkutsche, auf die jemand unbemerkt die blutige Fracht so geladen hatte, dass diese unterwegs herabfallen musste? War dieser jemand womöglich eine andere Person? Gab es in der Familie Wächtler ein Geheimnis, von dem niemand weiß, war vielleicht noch ein Dritter mit im Spiel, der seine Geliebte vor dem gewalttätigen Ehemann retten und ganz für sich gewinnen wollte? Die ganze Wahrheit hat womöglich Maria Katharina Wächtler mit in ihr namenloses Grab auf dem Richtplatz genommen. Sie war die letzte Frau, die in Hamburg von Rechts wegen gefoltert wurde.

Vorräte oder Stockschläge

Die Nacht, die still und besinnlich sein sollte, wurde im Dezember 1813 für viele Hamburger zur Hölle. „Man transportirt nach Petrikirche Leute, die man aus 'm Schlaf gestöhrt, ihren Proviant untersucht und nicht hinlänglich befunden", so berichtete ein Anwohner der Straße „Speersort" die grausamen Ereignisse, die er von seinem Fenster aus beobachten konnte. Die Weihnachtsnacht war schon angebrochen, als etliche Hamburger von den französischen Besatzern aus der Stadt vertrieben wurden. Väter und Mütter mit kleinen Kindern am Arm irrten durch die Eiseskälte, kaum jemand hatte genug Proviant dabei. Einige flüchteten ins benachbarte Altona, es gehörte zum mit Napoleon verbündeten Dänemark. Schon auf dem Weg dorthin starben weit mehr als 1000 Menschen an Kälte und Unterernährung. Sie wurden in Massengräbern beigesetzt. Andere machten sich durch die Tore der Stadt – Millerntor, Dammtor und St. Georg – auf eine Reise ins Ungewisse.

Bis zum Neujahrstag sollten 30 000 „unnütze Esser" verschwinden, dieses Ziel hatten sich Napoleons Truppen gesetzt. Ob es wirklich darum ging, die Menschen zu quälen, sei dahingestellt. So könnte das brachiale Vorgehen nach der Einschätzung von Historikern auch darin begründet sein, dass die Franzosen etwas Entscheidendes versäumt hatten: Mittellose sollten die Stadt verlassen, damit man einer längeren Belagerung standhalten könne. Das hatte aber wohl niemand deutlich genug angekündigt. Hamburg gehörte damals zu Frankreich und wurde von russischen Truppen belagert, die ihren Ring um die Hansestadt immer enger zogen. Als der Feind dann noch näher rückte, musste es schnell gehen.

Dabei sollen die Franzosen alle Einwohner kurz vor Weihnachten durchaus dazu aufgefordert haben, für ausreichend Lebensmittel im Haus zu sorgen. Für sechs Monate sollten die Vorräte reichen. Was genau, wurde ebenfalls vorgegeben. Auf der Liste standen neben einer exakt definierten Menge an Fleisch und Gemüse auch ein Pfund Korn oder Mehl, ein kleines Glas Wein oder Branntwein, einige Gramm Salz sowie Holz oder Torf als Brennmaterial – pro Kopf und Tag, versteht sich. Solch eine Menge anzulegen, war für viele Hamburger unmöglich. Die meisten waren ohnehin schon so arm, dass sie nicht einmal mehr genügend zu Essen für den nächsten Tag hatten.

Den Besatzern war das schnuppe. Alle, die der Pflicht zur Bevorratung nicht nachkamen, sollten Hamburg bis zum 21. Dezember verlassen. Es wurde streng kontrolliert, dazu kommandierten die französischen Befehlshaber auch angesehene Hamburger ab, um gemeinsam alle Bürgerhäuser zu durchsuchen. Alle Einwohner mussten den Besatzern schriftlich darüber Auskunft geben, wie viele Lebensmittel sie besaßen. Es galt nun alle ausfindig zu machen, die gegen die Pflicht verstießen. Am 24. Dezember räumten die Franzosen den Hamburgern noch eine kleine Schonfrist ein. Noch bis zum Abend wäre Zeit, die Vorräte aufzustocken. Wer nicht genügend hatte, wurde dazu aufgefordert, freiwillig sein Haus zu verlassen – ansonsten drohten Stockschläge. Soldaten würden die Säumigen hinaustreiben und ihre Möbel beschlagnahmen. Auch alle stadtfremden Handwerksgesellen, Lehrlinge und Bettler mussten Hamburg verlassen, dazu öffnete man die ansonsten geschlossenen Stadttore über die Mittagsstunden. Und niemand sollte es wagen zurückzukehren. Wer es dennoch täte, würde als Spion angesehen und erschossen.

In der Weihnachtsnacht starteten die Kommandos. Sie führten alle Menschen, die zu wenig hatten, aus ihren Häusern, trieben sie in Scharen durch die Straßen und sammelten sie in der zum Stall umfunktionierten St.-Petri-Kirche, durch die eisige Lüfte wehten. Von dort aus brachten die Kommandos die Menschen durch die Stadttore aus Hamburg hinaus und überließen sie ihrem Schicksal.

Der Plan war, die Stadt weiter zur Festung auszubauen und sich vor dem Feind zu verschanzen. Auch weitere Maßnahmen wurden zu diesem Zweck ergriffen. So waren Zusammenkünfte von mehr als sechs Personen verboten. Um Gottesdienste oder Aufführungen veranstalten zu können, war eine schriftliche Genehmigung der französischen Besatzer vorzulegen. Aus fast

Eine Gedenkstätte im Stadtteil Barmbek erinnert an die aus Hamburg Vertriebenen.

allen Hamburger Kirchen waren die Sitzbänke entfernt worden, sie dienten nun als Pferdeställe und Waffenlager. Allein der „Michel", die Hauptkirche St. Michaelis, wurde davon verschont. Aus einem Waisenhaus machten die Besatzer ein Hospital. Vororte wie Hamm wurden niedergebrannt, auf dem Hamburger Berg, dem heutigen Stadtteil St. Pauli, mussten Tausende von Bürgern ihre Häuser räumen. Alles, was Schüsse auf die Angreifer verhindern könnte, sollte dem Erdboden gleichgemacht werden.

Die Bilanz der Vertreibung ist dem Bericht eines französischen Kommandanten zu entnehmen. Demnach verließen am Heiligabend 5106 Personen die Stadt, am ersten Weihnachtstag waren es weitere 4637 und am zweiten Weihnachtstag 5617. Da und dort sind noch immer Spuren aus jener Zeit zu entdecken. So erinnert heute eine Gedenkstätte im Stadtteil Barmbek daran, dass 50 Vertriebene Hamburg aus St. Georg heraus verlassen hatten.

Am 19. November 1806 hatten französische Truppen die Hansestädte Hamburg, Bremen und Lübeck besetzt, zum Beginn des Jahres 1811 wurde Hamburg als Teil des Departements der Elbmündungen in das französische Kaiserreich integriert. Dagegen wehrten sich die Bürger, im Februar 1813 kam es zu blutigen Aufständen. Wenige Wochen später mussten sich die Franzosen wiederum gegen die russischen Besatzer wehren, sie konnten die Stadt aber zurückgewinnen. Die sogenannte „Franzosenzeit" in Hamburg endete, als Napoleons Truppen am 31. Mai 1814 abzogen.

Waghalsige Wittkittel

Entlang der Fleete war es ganz still, als ein Nachwächter auf seinem Rundgang dichte Rauchschwaden bemerkte. Sein wildes Läuten versetzte das Quartier in Aufruhr; Rasseln und Rufen, Signalschüsse, Feuerglocken, alle damals üblichen Mittel der Alarmierung wurden in Gang gesetzt und die Wittkittel waren bald zur Stelle – so hießen die ersten Hamburger Löschmannschaften unter dem Kommando des Oberspritzenmeisters Johann Ehlert Bieber. Doch sie stießen schnell an ihre Grenzen. In den mit leicht entzündlichen Waren gefüllten Speichergebäuden der Hafengegend fanden die Flammen reichlich Nahrung, darunter auch Alkohol, Spiritus, Öl und Gummi. Die Häuser waren vor allem aus Holz gebaut und standen eng beieinander, schon lange hatte es nicht mehr geregnet. So konnte sich der Brand schnell in nördlicher und westlicher Richtung ausbreiten. Der auffrischende Wind ließ die Flammen immer höher lodern, verbreitete einen beißenden Geruch, durch den die panischen Schreie der Menschen in den benachbarten Armenvierteln drangen.

Es geschah in der Nacht vom 4. auf den 5. Mai 1842. Das kleine Haus in der Deichstraße Nr. 42, in dem ein Zigarrenmacher sein Geschäft betrieb, ging in die Geschichte ein. Dort soll sich der große Brand von Hamburg entzündet haben, eine Feuerkatastrophe, die nicht zu bändigen war. Ob es Fahrlässigkeit war oder Brandstiftung, das weiß offenbar auch niemand so genau. Fest steht, dass sich ein kleiner Brandherd zu einer Feuerbrunst entwickeln konnte, wie die Hansestadt sie noch nicht erlebt hatte.

Mit ihren Handdruckspritzen konnten die Wittkittel die Flammen nicht am Übergreifen hindern. Da half auch die aus benachbarten Stadtteilen und Orten anrückende Verstärkung nicht. Aus

Am heute wieder prachtvollen Nikolaifleet fraß sich die Feuerwalze entlang.

Altona kamen sie, aus Wedel, Wandsbek, Lübeck, Stade und Kiel, doch als der Morgen graute, stand bereits ein großer Teil des Nikolaiviertels in Flammen. Am Himmelfahrtstag war es, als wollte sich das Schicksal einen schlechten Scherz erlauben. Eine bis zu 400 Meter breite Feuerwalze hatte sich beim Niko- laifleet durch die Innenstadt gefressen und wäre beinahe noch auf das andere Ufer übergesprungen. Erst gegen Abend des 5. Mai entschlossen die Helfer sich, außer Wasser auch andere Mittel gegen das Feuer einzusetzen. Nun sollte es gestoppt wer- den, indem einige Gebäude gesprengt wurden – entgegen dem Protest einiger reicher Bürger, die sich weigerten ihre Häuser aufzugeben. Betroffen war auch das Rathaus. Hier aber gelang die Sprengung nicht vollständig, sodass die Flammen in den

Im Haus Nr. 25, von dem aus der Brand die Ostseite der Deichstraße ergriff, befindet sich heute die Gaststätte „Zum Brandanfang".

Trümmern weiterloderten und sich über die Schneise hinaus ausbreiten konnten.

Am 6. Mai bedrohte das Feuer die erst vor wenigen Monaten neu eröffnete Börse. Obwohl das Gebäude zeitweise komplett von Flammen umschlossen war, konnte es gerettet werden. Der Kaufmann Theodor Dill bot dem Feuer die Stirn, neun weitere Männer schlossen sich ihm an, ausgerüstet mit Wasser in Flaschen und Eimern. Sie pressten sich getränkte Decken vor das Gesicht und schlugen auf die Flammen ein. Es grenzte an ein Wunder, dass sie es schließlich schafften. Zu ihrem Glück war die neue Börse in die Mitte eines weitgehend freien Platzes gebaut worden. Lange erfuhr man wenig von Dill und seiner Heldentat, im Jahr 2004 aber kam er zu späten Ehren: Anlässlich des Jubiläums „700 Jahre Deichstraße" wurde ihm dort ein kleines Denkmal gesetzt.

Hier konnten die Flammen endlich ausgebremst werden. Ein Straßenname erinnert daran.

Um den großen Hamburger Brand kursieren teils wilde Geschichten. Eine ist besonders verbreitet, und sie scheint sich tatsächlich so ereignet zu haben: Um ein Lagerhaus mit Schnapsfässern vor dem Schlimmsten zu bewahren, wurde der Alkohol in den Fleet vor dessen Türen geschüttet. Doch er verdünnte sich nicht ausreichend mit dem Wasser, das die Spritzenwagen zum Löschen aus eben diesem Fleet pumpten. So sprengten die Mannschaften Schnaps anstelle von Wasser in die Flammen. In den Fleeten entzündeten sich durch den brennenden Alkohol die Pfähle und gefährdeten Schiffe und Brücken.

Dann, endlich: In den Morgenstunden des 8. Mai 1842 drehte der Wind. Ein Wall und ein Teil der Alster setzten dem weiteren Ausbreiten der Flammen ein Ende, das Feuer war nun besiegt. Der Ort, an dem es stoppte, verkündet es noch heute unverkennbar: „Brandsende" wurde eine kleine, genau dort verlaufende Straße benannt, kurz vor der Binnenalster bei der Kunsthalle. Am Morgen danach: Ruinen, wohin der Blick auch immer schweifte. Ein Viertel der Stadt, das Zentrum Hamburgs, war ausgelöscht, manchen Berichten zufolge gar ein Drittel. 51 Menschen waren in den Flammen gestorben, Zehntausende hatten kein Dach mehr über dem Kopf. Etliche Straßenzüge, rund 1100 Gebäude und 100 Speicher wurden vernichtet, darunter das Rathaus, drei Kirchen, die Bank und Teile des Stadtarchivs. Der gesamte Sachschaden lag Schätzungen zufolge bei 135 Millionen Mark, was heute in etwa 1,25 Milliarden Euro entsprechen würde. Doch die Hamburger ließen sich nicht unterkriegen, tatkräftig begannen sie ihre Stadt wiederaufzubauen.

Für die Feuerversicherer war die ungeheure Schadensumme eine sie bis an die Grenzen ihrer finanziellen Belastbarkeit führende Bewährungsprobe. In eine besonders schwierige Lage gerieten die Versicherungen, deren Aktivitäten auf das Hamburger Stadtgebiet beschränkt waren. So musste die Hamburger Feuerkasse Darlehen aufnehmen, die erst nach 40 Jahren abbezahlt waren.

Gefangen im Dampfboot-Wartezimmer

„Treffen wir uns doch unter der Lombardsbrücke, da ist nie jemand", schlug Ole vor.

„Echt, und wenn es regnet?" Luisa drehte sich zum Küchenfenster, das Handy am Ohr, die Wolken hatten sich schon zu dunklen Haufen zusammengeballt, doch das musste in Hamburg nicht viel bedeuten. So schnell, wie es nach Regen aussah, konnte es hier auch wieder aufklaren. Allerdings – genauso schnell konnte einen auch dann wieder ein Schauer überraschen. Luisa war skeptisch. Das zweite Date sollte nicht damit enden, sich gleich wieder und noch dazu pitschnass voneinander verabschieden zu müssen.

„Also erstens, ich denke nicht, dass es regnet. Und falls doch … Da gibt es einen Raum, den kaum einer kennt", verschwörerisch raunte Ole es in sein Mobiltelefon.

„So'n Quatsch, warum sollte sich dort denn ein Raum befinden? Davon wüsste ich doch!" Luisa wunderte sich. War sie etwa doch wieder an einen Spinner geraten? Sie war gerade 18 geworden und glaubte eigentlich, Typen inzwischen etwas besser einschätzen zu können, auch wenn Ole doch schon sieben Jahre älter war. Zugleich brannte sie vor Neugier, es klang nach einem Abenteuer. Und, wäre es wirklich so schlimm, in den Sommerregen zu geraten? Eigentlich doch ganz schön romantisch.

„Okay, ich bin schon ganz gespannt! Sagen wir um 15 Uhr?"

Ole reagierte zögerlich. „Also… eh ja, das passt. Aber ich muss dir sagen, als ich das letzte Mal da war, war der Raum mit einem Gitter verschlossen. Das sollte ich aber leicht aufbekommen." Er legte eine Pause ein. „Also wenn es dir nichts ausmacht, meine ich. Es wäre ja sozusagen ein Notfall." Ole grinste in sich hinein. Diesen Test musste sie bestehen. Mit einer Freundin, die sich gar nichts traute, konnte er nichts anfangen.

„Hm, also gut, wenn du das kannst. Also dann bis später." Luisa versuchte lässig zu klingen. Sie wollte schon Tschüss sagen, da fiel ihr ein, dass es zwei Alsterufer gibt. „Wo genau treffen wir uns eigentlich?"

Wer weiß, vielleicht ist das wirklich existierende Wartezimmer so etwas wie eine Zeitmaschine ...

„Also, es ist auf der Seite, wo auch der Hauptbahnhof ist. Da folgst du dem Uferweg in Richtung Außenalster, und dann müsstest du es schon sehen können." Er überlegte. „Wobei, man muss schon gut hingucken, um nicht daran vorbeizulaufen, aber das wird schon klappen. Treffen wir uns doch einfach davor."

„Gut … Aber was ist das denn für ein Raum?"

Ole zwinkerte geheimnisvoll. „Na warte mal ab. Nur schon mal so viel, du fotografierst doch gern? Es könnte ein besonderes Motiv dabei herauskommen." Alles wollte er nun noch nicht verraten.

Fotografieren – das wurde ja immer merkwürdiger, wollte der etwa Nacktbilder von sich machen lassen, in einem einsamen Raum, irgendwo versteckt am Alsterufer? Obendrein ließ sich der Raum offenbar verschließen … Ach was! Luisa schüttelte sich, als könne sie die dunklen Gedanken einfach abwerfen. Sie neigte dazu, immer erst das Schlimmste zu befürchten, also lag es wohl an ihr.

„Ui, das klingt echt spannend! Also bis später!"

„Bis später, Luisa. Wir können uns ja schreiben, falls wir uns da nicht gleich finden sollten. Freu mich!"

Ein sich wiederholender Ton antwortete ihm. Luisa hatte schneller aufgelegt, als er erwartet hätte. Wahrscheinlich hatte sie noch nicht einmal mehr seinen letzten Satz gehört. Egal, sie würde seine Textnachricht bestimmt bemerken oder selbst auf die Idee kommen, ihm zu schreiben. Nun doch etwas aufgeregt, ließ er seine Handyhülle mit einem Schwung zuklappen und schob das Telefon in seine Hosentasche.

Okay, also zumindest wegen des Wetters hatte sie sich doch schon wieder einmal völlig unnötig einen Kopf gemacht. Luisa wischte sich mit dem Handrücken den Schweiß von der Stirn, als sie ihr Fahrrad über die östliche Uferpromenade der Binnenalster schob. Die Sonne brannte, alle Wolken hatten sich verzogen und es war so windstill, dass auf der Außenalster, deren weite Fläche sie unter der Brücke sehen konnte, kein einziges Segelboot fuhr. Selbst in Hamburg war es nun unwahrscheinlich, dass es in den nächsten Stunden regnete, und die Wetter-App hatte ebenfalls wolkenlos ab 14 Uhr angekündigt. Umso besser. Wobei … Mit einem Kribbeln im Bauch ließ Luisa ihren Blick über die Betonpfeiler der Lombardsbrücke wandern. Irgendwie wollte sie nun trotzdem ganz gern wissen, was es mit dem verborgenen Raum auf sich hatte. Bestimmt würde es Ole ihr gern zeigen. Gespannt schloss sie ihr Fahrrad an einem Geländer an.

Im Gestrüpp des Ufers aber war nichts Besonderes zu entdecken, geschweige denn ein Raum. Das Horn eines Schiffes dröhnte neben ihr. Sie erschrak, drehte sich zur Wasserseite, doch da war nur ein kleines Ruderboot mit einem sie verwundert anblickenden Pärchen. Wie aus einer anderen Zeit hatte das eindringliche Tuten sich angehört. Vielleicht hatte sie schon etwas zu viel Sonne abbekommen. Entschlossen ließ Luisa ihren Blick nun wieder über die Uferböschung gleiten. Sie zog ihr Handy aus der Tasche: 14.43 Uhr verkündete die Zeitanzeige. Sie war sowieso viel zu früh dran. Nun vernahm sie plötzlich Stimmengewirr, direkt aus den Büschen schien es zu kommen, und es klang nach mehreren Personen, auch ein vor sich hin quietschendes Kind war zu hören. Was sollte das denn, von wegen, hier ist sonst niemand?! Als Luisa schon etwas Ärger aufsteigen fühlte, blieb ihr Blick an einem Schriftzug hängen. „Dampfboot-Wartezimmer", stand dort in schmucken Lettern auf dem Beton, und direkt darunter befand sich ein Eingang. Er war offen, und die Stimmen drangen heraus. Der Eingang sah sehr kunstvoll aus. Und wieder dröhnte das Horn des Schiffes, lauter noch, als sei es nähergekommen. Luisa dreht sich zum Wasser, noch immer war keins zu sehen.

„Na endlich!", tönte eine bärige Männerstimme aus dem Dunkel. „Zwölf Minuten Verspätung, das ist ja wohl der Gipfel!"

Luisa erschrak, doch nun wollte sie wissen, was hier los war. Sie trat durch den Eingang und stand in einem schmalen Raum aus Beton. An der Wand gab es eine Sitzbank, auf der einige Menschen Platz genommen hatten und sie anstarrten. Ein älteres Ehepaar, eine junge Frau mit Kind und noch eine Dame, sie sah sehr vornehm aus. Alle trugen seltsam altmodische Kleider, wie Luisa sie nur aus Filmen kannte.

„Sie sind zu spät und doch genau richtig!" Der Mann, zu der die bärige Stimme gehörte, trug ein Hemd mit hochgekrempelten Ärmeln. „Sie brauchen sich gar nicht erst hinsetzen, die St. Georg kommt doch schon." In dem Moment standen alle auf und

Auch die 1876 gebaute St. Georg gibt es noch immer. Der Alsterdampfer legt am Jungfernstieg ab.

drängten an Luisa vorbei durch den Ausgang. Wie angewurzelt blieb Luisa stehen. Unglaublich, draußen schob sich ein Schiffsbug vorbei, und nun war ein rauchender Schornstein zu sehen. „St. Georg", stand in schwarzer Schrift auf dem Bug. Ein lautes Hupsignal ertönte, der Dampfer war bereits wieder dabei abzulegen, und die Menschen an Deck winkten. Die vornehme Dame hatte einen Sonnenschirm aufgespannt.

„Halt! Wartet!" Luisa lief auf den Eingang zu, doch das Geräusch knirschenden Metalls hielt sie auf, und in dem Moment klappte ein gusseisernes Gitter zu. Sie war gefangen.

„Hey, ihr habt mich eingesperrt!" Luisa rüttelte am Gitter, womöglich war es heute schon die letzte Fahrt des Dampfers gewesen und das Wartezimmer deswegen verschlossen worden. Vor lauter Aufregung dachte sie gar nicht mehr daran, wie ungewöhnlich all dies war und dass hier normalerweise keine Alsterschiffe hielten. Sie spähte durch das Gitter. Genau, da war ja gar kein Anleger, und auch keine Menschenseele weit und breit. Wie kühl es hier war. Das Mädchen fröstelte, als würden die kalten Betonwände es umschließen wie die Kralle eines toten Tieres.

Bimm. Ihr Handy meldete eine Textnachricht. Hastig fingerte Luisa es aus ihrer Tasche. 15.08 Uhr, meldete die Zeitanzeige. „Hey, wo bist du denn? Ich stehe vor dem Eingang und sehe dich nicht." Ein grübelnder Smiley beendete den Satz.

„Ole, hier bin ich doch, im Wartezimmer!", erleichtert rief Luisa es hinaus. Doch Ole war nicht zusehen. Sie starrte auf die Nachricht, sie war bereits um 15.02 Uhr versendet worden. Vielleicht war er nur zum Pinkeln in einen Busch gegangen.

„Ich bin in dem Raum und komme nicht raus", tippte sie in ihr Handy, und ließ sich dann auf der Bank niedersinken. Wenn Ole nicht gleich käme, würde sie einfach den Notruf wählen, fiel ihr erleichtert ein. Zum Glück hatte sie ihr Handy dabei. Was war dies nur für ein seltsamer Raum? Luisa entsperrte ihr Handy, rief die Internet-App auf und gab „Dampfboot-Wartezimmer Hamburg" in das Suchfeld ein. Die Liste der Ergebnisse poppte auf. Tatsächlich!

„Die Hamburger Binnenalster und Außenalster sind heute durch zwei Betonbrücken miteinander verbunden, über die der Kfz- und Bahnverkehr läuft", verkündete ein Text auf einer Homepage zum Thema historisches Hamburg. „Die nördliche ist die Kennedybrücke, die südliche heißt Lombardsbrücke. Letztere bestand im 19. Jahrhundert aus Holz; sie war zu schmal und niedrig für die seit 1816 verkehrenden Flussdampfer. Dennoch gelang es der ‚Helene' im August des Jahres 1857 als erstes Dampfschiff, diese Durchfahrt zu passieren. Es war ein waghalsiges Manöver, für das die Besatzung eigens den Schornstein niederlegen musste. Auch hätte es dabei zu einem Brand kommen können, als der Dampfer so dicht unter dem leicht entzündlichen Brückenbogen hindurchfuhr. So konnte es nicht weitergehen. Fortan wurden die Alsterdampfer kleiner gebaut, so etwa die ‚Alina', ein Schraubendampfer für 50 Personen. Sie war nur 13,5 mal 2,5 Meter groß und läutete am 15. Juni 1859 eine neue Ära ein. Von nun an verbanden die ersten regulären Linienfahrten mit nur einem Dampfer die Haltestellen Jungfernstieg, Rabenstraße und Auguststraße (schöne Aussicht).

In den folgenden Jahren wuchs die Flotte. Ab 1868 wurde die Holzbrücke durch die neue Lombardsbrücke aus Beton ersetzt. Für die am dortigen Anleger wartenden Personen schuf man an ihrer Südostseite einen Warteraum, der nur drei Jahre lang genutzt wurde. Ab 1881 gab es an der Stelle ein Wartehäuschen. Seit dem Zweiten Weltkrieg konnten keine Schiffe mehr unter der Lombardsbrücke anlegen, weil die Stege bei einem Luftangriff zerstört wurden. Doch immer noch weist eine Anschrift darauf hin, dass die beiden äußeren Brückenöffnungen ausschließlich als ‚Durchfahrt für Dampfböte' gedacht sind. Auch der Eingang mit der Aufschrift ‚Dampfboot-Wartezimmer' ist noch erhalten und ein beliebtes Fotomotiv. Er ist jedoch durch ein Gitter verschlossen worden, nachdem eine junge Frau in dem Raum vergewaltigt und ermordet worden war."

Luisa ließ ihr Handy sinken, ihr Herz pochte gefühlt doppelt so schnell wie sonst. Ihre Gedanken rasten. Einer klang irrsinniger als der nächste. Offenbar war sie in ein Zeitloch geraten und kam nicht mehr zurück, auch wenn es sich verrückt anhörte. Oder Vergewaltiger nutzen diesen Raum immer noch und sie war das nächste Opfer. Sollte Ole wirklich …?

Schritte kamen näher, ein dunkler Schatten füllte die Türöffnung. Es war ein ziemlich großer Schatten, und nun bewegte er sich kaum mehr. Luisa kauerte sich in den hintersten Winkel des Raumes.

„Hey, au Mann, da bist du ja doch!" Seine Stimme klang erleichtert. „Ich habe dich in der dunklen Ecke da gar nicht gesehen. Sah auch so aus, als wäre hier alles dicht", Ole machte sich am Gittertor zu schaffen. „Aber das Schloss ist doch offen, es hatte sich nur verhakt." Das Tor sprang auf. „Hast du das etwa geknackt?" Er grinste begeistert. „Na, das hättest du aber auch echt mich machen lassen können." Ole setzte sich neben Luisa und nahm sie in den Arm. „Hey, was hältst du von einer Alsterrundfahrt? Wir könnten mit der St. Georg fahren. Die legt um 17 Uhr am Jungfernstieg ab. Stell dir mal vor, die ist Baujahr 1876 und damit das älteste Dampfschiff Deutschlands!"

Die Nichtwiederkehrenden

Sie sind Zwillinge und werden doch niemals aufeinandertreffen. Die eine sitzt am Fischmarkt im Hamburger Hafen, ihr unbewegter Blick ist in die Ferne gerichtet. Sie ist rund vier Tonnen schwer. Die andere wiegt nur 13 Kilogramm und versteckt sich in einer Kapelle am Kap Hoorn, jener berüchtigten Landspitze, in deren Klippengewässern schon etliche Schiffe zerschellten. Fast achttausend Seemeilen trennen also die beiden Schwestern, die sich ansonsten gleichen wie ein Ei dem anderen. Bei der großen handelt es sich um ein Denkmal, das der Bildhauer Manfred Sihle-Wissel im Jahre 1985 schuf. Auf dem Sockel verkündet eine Inschrift: „Der unvergänglichen See, den Schiffen, die nicht mehr sind und den schlichten Männern, deren Tage nicht wiederkehren." Es sind Worte des polnischen Schriftstellers Joseph Conrad (1857–1924). Die sich darüber erhebende Bronzeskulptur stellt die „Madonna der Seefahrt" dar, manche nennen sie auch die Madonna der Meere. Eine auf einem Poller sitzende Frau hält ihre Beine mit den Armen umschlungen, während zu ihren Füßen eine Welle bricht und ihre Augen sich sehnsuchtsvoll im Horizont verlieren. Es ist, als wolle das heranbrandende Meer nach ihr greifen. Wahrscheinlich wartet sie vergebens darauf, endlich das Schiff zu sichten, das ihren Geliebten nach Hause bringen könnte. Die Figur steht für all die Trauer und das Leid jener Familien, die Angehörige an die See verloren, die so grausam sein kann und doch für viele Männer auch eine lebenslange Leidenschaft bedeutete.

Bei der kleinen Schwester in Südamerika handelt es sich um eine Kopie der Meeresmadonna, gestiftet von der Werft Blohm + Voss, deren Docks sich direkt gegenüber der großen Schwester befinden. Kapitän Rudolf Wittenhagen brachte sie im November

Die vergebens wartende Meeresmadonna steht für das Leid der Angehörigen von Seeleuten.

2001 an die Südspitze Amerikas, begleitet von vielen der letzten Cap Horniers. Zu der Vereinigung gehörte auch Kapitän Bernhard Masson. Er initiierte das Denkmal im Hamburger Hafen.

Die Vereinigung der Cap Horniers war 1937 im französischen Saint-Malo gegründet worden. Ihr Symbol ist der auch als „Unglücksvogel" geltende Albatros. Doch das hat einen viel schöneren Hintergrund. Nach altem Seemannsglauben nehmen die Seelen der verstorbenen Seeleute die Gestalt dieses Vogels an, um den Schiffen oft noch lange zu folgen. Wer das Kap Hoorn umsegelt hatte, durfte der Vereinigung angehören und sich stolz Cap Hornier nennen. Sie sorgte dafür, dass nicht mehr wiederkehrende Seeleute eine angemessene Gedenkstätte erhielten, in Hamburg ist das der kleine „Platz der Seefahrt" mit der wehmütig wirkenden Skulptur. Hier findet jährlich am Totensonntag eine Gedenkfeier statt. Es kommen Angehörige von Opfern der See und viele Vertreter seeschifffahrtsnaher Institutionen zusammen, um an der Andacht teilzunehmen. Kränze werden niedergelegt, Gebete und der Segen für all jene gesprochen, die der Seemannstod ereilte. Für einen würdigen musikalischen Rahmen sorgt der Shantychor „Windrose".

Weil ihre Mitglieder ausstarben, lösten sich die Cap Horniers in 2003 auf. Im folgenden Jahr übernahm der Verein der Kapitäne und Schiffsoffiziere zu Hamburg e. V. die Schirmherrschaft für das Ehrenmal. Ausdrücklich weist man dort darauf hin, dass nicht nur derer gedacht werden soll, die auf den Meeren ihr Leben ließen, sondern auch ihrer Angehörigen – bleiben doch sie oft allein in ihrer Trauer und Not zurück.

Als die Uwe zerteilt wurde

Wie aus dem Nichts war der Nebel gekommen und nahm der Elbe ihre Ufer, als habe sich der Fluss in Hohe See verwandelt. Der Blick verlor sich in einer trüb-milchigen Weite, steuerbord wie backbord, es konnte einem dabei fast schwindelig werden. Mit brennenden Augen suchte der Kapitän der Mieczyslaw Kalinowski den nicht mehr vorhandenen Horizont. Steuerte er sein Schiff auf falschem Kurs? Plötzlich ragte ein riesiger Schatten vor ihm auf, er riss hart am Ruder, als schon das ächzende Geräusch zerberstenden Metalls die Welt unter sich zu begraben schien. Der Bug der MS Widau krachte frontal in den polnischen Frachter, ihr Kapitän hatte keine Chance gehabt auszuweichen. Nun wurde sein Schiff durch die Kollision mit einem Stoß nach Steuerbord gedrückt, geriet dadurch in den Kurs des heranfahrenden Motorschiffs Uwe und zertrennte es in zwei Teile. Beide Schiffe sanken hier vor dem Elbstrand von Blankenese am 19. Dezember 1975.

Der Kapitän der Uwe konnte sich mit einem Sprung in die Elbe retten. Genauso wie viele andere der Seeleute schaffte er es zum Ufer von Blankenese mit dem Schiffsanleger Wittenbergen. Einheimische eilten herbei, um die Schiffsbrüchigen zu versorgen. Ein Besatzungsmitglied der Wiedau jedoch wurde auf der Back eingeklemmt und konnte sich nicht befreien, es ertrank in den Elbfluten. Einigen Berichten zufolge gab es insgesamt zwei Tote bei dem Schiffsunglück. Allein die Mieczyslaw Kalinowski überstand die Havarie mit einem geringfügigen Sachschaden.

Drei Monate später konnte die Widau komplett geborgen werden, sie war mit einer Ladung Kupferschlacke elbabwärts unterwegs gewesen. Bei der in zwei Teile zerbrochenen Uwe indes erwies sich das Vorhaben als schwieriger. Zwar gelang es der

Bergungsfirma Taucher Ottar Harmstorf mit einem Hebeponton die Überreste des Bugs aus dem Wasser zu holen; er wurde noch vor Ort zerlegt, abtransportiert und verschrottet. Das Heck jedoch war zu schwer, also schleppten die Bergungsleute es ins flache Wasser vor dem damaligen Firmengelände am Falkensteiner Ufer. Dort liegt es noch immer, die Stadt Hamburg hat das Gelände inzwischen erworben. Dramatisch ragt es aus dem Wasser wie eine etwas derbe und kleinere Kopie der Titanic. Das Wrack mit der Position 53° 33′ 33″ N, 9° 47′ 18″ O ist selbst bei Flut nicht zu übersehen. Die Uwe wurde anno 1914 auf Kiel

Als sei sie gerade erst im Begriff zu sinken, so ragt das Heck der Uwe in Blankenese aus dem Wasser.

gelegt und erhielt den Namen Fürstenberg. Zwei Jahre vor dem Unglück hatte Günther Kroll sie übernommen und auf den Namen Uwe getauft.

Nur 30 Meter weiter westlich ragt eine finstere Wand aus dem Wasser. Es ist das, was von der Polstjernan übrig blieb, einem finnischen Viermastschoner, der 1926 in Brand geraten war. Er war auf dem Weg nach England, als seine Maschine im Nord-Ostsee-Kanal explodierte. Schon nach Sekunden stand das mit Holz beladene Schiff lichterloh in Flammen. Der Brand ließ sich nicht mehr löschen.

Um den Kanal, eine bedeutende Wasserstraße, nicht zu blockieren, wurde das Wrack durch die Schleusen in Brunsbüttel zur Elbmündung geschleppt. Die Bergungstaucher beförderten es dann nach Blankenese, wo sein hölzerner Rumpf seither als Wellenbrecher dient. Bei Ebbe lässt er sich umrunden und offenbart etliche Details: Hölzerne Planken, Kupfernägel, sogar

Die zerborstene Bordwand der Polstjernan offenbart sich bei Ebbe in ihrer ganzen Größe.

die aus dem Elbsand hervortretende Schiffsschraube. Einige große Metallteile im Inneren scheinen nicht so recht dazuzupassen. Sie stammen von einem U-Boot und dienen nun als Gewichte, um den Schiffstorso an der Stelle zu halten.

Die Polstjernan wurde 1919 auf der Werft in Dragsfjärd auf Kiel gelegt, am 29. November 1919 lief sie vom Stapel und im Folgejahr übernahm sie der Eigner Gustaf Erikson. Sie galt als das größte in Finnland gebaute Holzschiff. Sein Wrack schlummert nun an der Position: 53° 33′ 35″ N, 9° 47′ 11″ O. Und es ist schon seltsam, dass sein Name eigentlich für Orientierung steht, ein rettendes Licht am Firmament. Er bedeutet übersetzt Polarstern.

Bei Spaziergängen trifft man auf die düster anmutenden Schiffsreste, die vor dem Strandweg aus dem Wasser ragen. Besonders bei Ebbe gibt die Elbe ihre Geheimnisse preis. Wann dies an der Elbe der Fall ist, weiß man zum Beispiel beim Bundesamt für Seeschifffahrt und Hydrographie (www.bsh.de).

Notoperation unter der Erde

Jonas Nielsen starrte in sein Geschichtsbuch, wie durch Watte vernahm er die Worte des Lehrers. „… Der Kalte Krieg hätte sich jederzeit in einen heißen Krieg verwandeln können. Aus Sorge vor Angriffen mit nuklearen, chemischen oder biologischen Waffen ließ die Bundesregierung ab 1963 im ganzen Land teils voll verbunkerte Hilfskrankenhäuser bauen …" Sein Blick verfing sich in der Buchseite 102, die sie hatten aufschlagen sollen. Es zeigte einen Raum mit fensterlosen Betonwänden, in dessen Mitte ein notdürftiger OP-Tisch stand. Fast wie bei Frankenstein, fand Jonas. Der Raum wirkte düster und völlig verwaist, wo waren die Ärzte? Das Bild zog Jonas in seinen Bann.

„Kubakrise …, die Welt kurz vor einem Atomkrieg …" Immer ferner schienen die Worte seines Lehrers. Plötzlich spürte der Schüler einen heftigen Schmerz in der Bauchgegend. Er krümmte sich zusammen, der Raum begann sich zu drehen, seine Lider fielen herab wie eiserne Jalousien. Ihm wurde schwarz vor Augen, gerade noch gelang es ihm aufzustehen und aus dem Raum zu wanken.

Jonas besuchte die zwölfte Klasse des Johann-Rist-Gymnasiums in Wedel, einem direkt an der Elbe liegenden Städtchen, das schon zu Schleswig-Holstein gehört. Hier, an der Grenze zu Hamburg, werden die in den Hafen der Metropole einlaufenden Schiffe gebührlich begrüßt. Am Willkomm Höft dröhnt dazu die Nationalhymne des Landes, unter dessen Flagge es fährt, aus hoch aufgehängten Lautsprechern. Bei Sonnenschein wird es voll auf den Ausflugsterrassen und viele Gäste kommen, um die Schiffsbegrüßungsanlage zu erleben. Das Gymnasium ist zweieinhalb Kilometer weit entfernt, manchmal radelte Jonas in Freistunden ans Wasser, um mit Mitschülern zusammen im nahen Beach-Club zu chillen. Heute warteten seine beiden besten Freunde dort vergebens auf ihn. Sie standen im gleißenden Licht der Junisonne, während ihr Kumpel nur noch Schwärze sah.

Als Jonas seine Augen öffnen konnte, blendete ihn die Lampe über dem OP-Tisch so grell, dass er sie gleich wieder schließen musste. Er fühlte sich benommen wie nach einer zu ausufernden Party, doch der Schmerz im Bauch war verschwunden.

Die ABC-Filteranlage sollte vor Angriffen mit nuklearen, biologischen oder chemischen Kampfstoffen schützen.

„Alles gut gelaufen, die Vitalzeichen sind okay", eine heisere Stimme schien in dem Raum zu schweben, den Jonas nun schlagartig erkannte: Es war der Operationsaal, so wie er in dem Geschichtsbuch abgebildet war. Wie war er hierhergekommen? Jonas blickte um sich, niemand befand sich im Raum, und nun war es totenstill. Nur sein Herz konnte er bis zum Hals schlagen hören, in einem rastlosen Takt, den exakt eine Kurve auf einem nun vor ihm aufleuchtenden Monitor abbildete.

Vorsichtig richtete Jonas sich auf, erst jetzt bemerkte er, dass er einen weißen Umhang anstelle seiner Kleidung trug. Er tastete über seinen Bauch und fühlte eine lange Narbe. Ihm wurde übel, doch es gelang ihm vorsichtig aufzustehen. Die Betonwände des Raumes waren feucht, erkannte er nun, und ein gammliger Geruch stieg ihm in die Nase. Immerhin, die Tür stand offen, und grüne Streifen schimmerten, etwas gespenstisch wirkte es zwar, doch es erinnerte ihn an die Leuchtstreifen auf dem Boden in Flugzeugen, die im Notfall den Weg ins Freie wiesen. Erleichtert

Leuchtstreifen wiesen bei Dunkelheit den Weg durch die langen Klinikflure.

schritt der Junge darauf zu. Die neongrünen Streifen verliefen weiter in einen endlos wirkenden Flur, verloren sich in dessen Dunkelheit. Okay, im Flugzeug ist bei einem Notfall sonst auch nicht mehr viel zu sehen, er kannte es aus Katastrophenfilmen. Nur die Rauchschwaden fehlten, oder … Jonas war nicht sicher, roch es nicht doch nach einem Brand? Zögernd folgte er den leuchtenden Linien wie einem Geländer in einem völlig verdunkelten Treppenhaus, bei jedem Tritt darauf achtend, nicht etwa über ein Hindernis zu stolpern. Seine Füße stießen an etwas Weiches, es stank nun bestialisch. Jonas presste sich die rechte Hand auf Mund und Nase. Etwas Wabbeliges, und viel Stoff darüber, es fühlte sich an wie ein menschlicher Körper. Ein paar Schritte weiter sprang eine Tür vor ihm auf. Es war hell genug, um ein Schild darauf erkennen zu können. „…giftung", verkündete die teils unleserliche, verblasste Aufschrift. An den kahlen Wänden hingen an Duschen erinnernde Vorrichtungen. Eine Gaskammer, vermutete Jonas. Zahlen aus dem Geschichtsunterricht wanderten durch seinen Kopf, allein sechs Millionen deportierte Juden in Ausschwitz … Womöglich wurden auch hier Menschen vergiftet. Schaudernd bewegte er sich rückwärts zurück in den Flur, und nun sprangen weitere Türen vor ihm auf. Ihre Aufschriften waren besser zu entziffern. „Notaufnahme", „Station A", „Ambulanz", „Schockraum". In einigen Räumen erkannte er klinische Geräte, andere waren mit Krankenbetten eingerichtet.

Die leuchtenden Streifen führten den Schüler weiter, nach wie vor war nirgends eine Menschenseele außer ihm zu sehen. Es musste doch irgendwo einen Ausgang geben, doch kein Schild wies darauf hin. Als Jonas in einen offenen Raum blickte, der wie eine Küche eingerichtet war, sogar zwei Schnabeltassen standen noch dort, erkannte er, dass er im Kreis gelaufen war.

Das unterirdische Krankenhaus war komplett eingerichtet, notdürftig wiesen Schilder die Wege.

Wenige Türen weiter stand er wieder an dem OP-Tisch, auf dem er zu sich gekommen war. Nun aber war der Monitor ausgeschaltet und ein kleines Schild leuchtete an einer Tür auf, die er zuvor gar nicht wahrgenommen hatte. „Aufwachraum", stand darauf. Es hatte etwas Tröstliches. Jonas trat in den Raum, ein Bett mit aufgeschlagener Decke stand bereit. Nur kurz ausruhen … Nichts wollte er mehr in diesem Moment. Er legte sich auf das Bett und kuschelte sich in das Laken. Schon waren seine Lider geschlossen.

„Herr Nielsen! Ich muss doch sehr bitten, haben Sie mal wieder zu viel gefeiert?!" Scharf schnitt die Stimme des Geschichtslehrers durch die Schwärze. „Erst schlafen Sie, dann verlassen Sie wortlos den Raum, dann kommen Sie wieder und schlafen einfach wieder ein!"

Jonas schlug die Augen auf, sofort war er hellwach und bemerkte die grinsenden Gesichter seiner Mitschüler um sich herum.

„Klar doch, der hat gut gekotzt gestern", lästerte Norbert, genannt Nope und ein Besserwisser mit einem Gesicht wie eine Qualle. Er saß fast direkt neben ihm. „Komisch, dass er es heute überhaupt zur Schule geschafft hat."

Der Lehrer überging die Stichelei und seufzte. „Also gut, Nielsen, dann lesen Sie uns doch bitte wenigstens mal die Seite 102 vor."

Jonas starrte in sein Buch, die Worte sprangen ihm entgegen. „Insgesamt 94 Hilfskrankenhäuser wurden während des Kalten Kriegs in Deutschland eingerichtet. Das größte befindet sich noch immer unter einem Gymnasium in Wedel …"

Das Hilfskrankenhaus Wedel wurde zu Zeiten des Kalten Krieges in den Untergrund der Schule gebaut und von 1970 bis 1974 fertiggestellt. Allein seine Bunkerfläche beträgt rund 6200 Quadratmeter. Eine 35 Zentimeter dicke Stahlbetondecke und bis zu 50 Zentimeter starke Wände sollten hier vor nuklearer Strahlung sowie biologischer oder chemischer Kontamination schützen.

Im Falle eines Angriffs auf Hamburg hätte das Krankenhaus zahlreiche Verletzte aus der Hansestadt aufnehmen können – es war ausgelegt für 1694 Betten, darunter 710 auf den unterirdischen Stationen und 984 Betten, die oberirdisch in den Klassenräumen des Gymnasiums untergebracht worden wären. Weitere 210 Betten standen für technisches und medizinisches Personal zur Verfügung. 16 Ärzte hätten die Patienten versorgt, vor allem chirurgisch verletzte Personen. Rettungshelikopter hätten auf dem Sportplatz des Gymnasiums landen können. In der Turnhalle hätte man die Verwundeten gesichtet. Je nach dem Ausmaß ihrer Verletzungen wären sie direkt in den unterirdischen OP oder in eines der Behelfskrankenzimmer der Schule gebracht worden.

Noch immer befindet sich der Eingang zum Hilfskrankenhaus an den Sportanlagen der Schule, zu erreichen über den von der Pinneberger Straße abzweigenden Stichweg. Es ist ein unterirdisches Labyrinth aus Notaufnahme, Ambulanzen, Laboren, Krankenzimmern und allem, was sonst noch nötig wäre, um die Versorgung bei Angriffen aufrechterhalten zu können. Auch eine Notküche mit zwei Gulaschkanonen wurde eingerichtet; bis zu 1000 Mahlzeiten täglich hätten hier zubereitet werden können, um dann in die 156 unterirdischen Räume geliefert zu werden. Bis zu 176 lange Gänge verbinden die Bereiche.

Für die Wasserversorgung gab es zwei eigens eingebaute Brunnen, um selbst den maximalen Wasserbedarf der Klinik bei voller Auslastung decken zu können, 35 000 Liter pro Stunde. Zwei voneinander unabhängige Stromnetze hätten bei einem Ausfall mit zwei Notstromaggregaten betrieben werden können, jedes mit einer Dauerleistung von 144 PS – ausgerüstet mit einer Vorrichtung, die Schiffsdiesel in 15 Sekunden auf Volllast hochgefahren hätte.

Vieles der Klinik schlummert noch immer im Untergrund der Schule, wenn auch Moder und Schimmel es allmählich dem Zerfall preisgeben. Noch immer weisen Türschilder in den gasdichten Zugangsschleusen den Weg in den Raum mit der Aufschrift „Entgiftung". Dort sind in der Wand zwei stählerne Luken zu sehen. Sie sind mit einem Schacht verbunden, in den Helfer die kontaminierte Kleidung hätten entsorgen können. Noch immer liegen in den Gängen aufgeschichtete Bleibetonsteine bereit, mit denen man den verseuchten Schacht versiegelt hätte. Wie tief er in das Erdreich führt, ist nicht bekannt.

Zur „Entgiftung" gehört auch der Raum mit den Duschen, den Jonas entdeckt hatte. Hier wären die Verletzten gesäubert worden, bevor man sie in die fünf Operationssäle oder auf die Krankenstationen verteilt hätte.

Die Bunkerklinik in Wedel kam nie zum Einsatz. Als sie 1992 aufgelöst wurde, umfasste das noch eingelagerte Material unter anderem 2311 Deckenbezüge, 3850 Handtücher, 135 Schlüpfer, 120 Schnabeltassen, 88 Gummischürzen und 6 Säuglingsbadewannen.

Wie es mit Deutschlands größtem unterirdischen Hilfskrankenhaus weitergehen wird, steht noch nicht fest. Es gibt Überlegungen, die Räume als Lagerkapazitäten zu nutzen. Zurzeit ist die Anlage noch bei Führungen zu besichtigen, etwa mit dem Verein Hamburger Unterwelten e. V.

Das Johann-Rist-Gymnasium in Wedel hat heute rund 900 Schüler und circa 80 Lehrkräfte. Vielleicht ist auch der eine oder andere Jonas darunter.

Dunkle Löcher im Elbhang

„Hafenbahnhof" und „Schellfischposten", solchen Namen begegnet, wer sich in Hamburg auf der Höhe des Cruise Center Altona in Richtung Elbe begibt. Heute stehen sie für Party-Locations oder TV-Sendungen in vermeintlich authentischen Hafenkneipen samt als Seemannschaft verkleidetem Chor vor der Tür, in dessen Liedern besonders häufig die Laute „Hohohohoho" vorkommen. Doch diese Namen haben eine Geschichte. Davon

Der südliche Ausgang des Schellfischtunnels, mittlerweile versteckt er sich noch mehr hinter den Büschen.

erzählt eine dunkle Öffnung im Grün des Altonaer Balkons, einer Aussichtsterrasse mit feinstem Hafenblick auf dem eiszeitlich geformten Geesترücken, der das hohe Elbufer prägt.

Etwas abseits der kleinen Parkfläche, von der aus sich die Aussicht bietet (mittendrin: die Köhlbrandbrücke), geleitet ein Spazierweg am Hang abwärts. Nun den Blick nach links gerichtet, und schon bald sind mit geübtem Auge im grünen Dickicht Reste des Schellfischtunnels zu entdecken. Es handelt sich um den ehemaligen Südausgang – der nördliche versteckt sich unter dem Intercity Hotel beim heutigen Altonaer Bahnhof. Das Hotel wurde in den frühen 1990er-Jahren über die alte Tunnelstrecke gebaut und zertrennt deren Gleise.

Wer im hafennahen Dickicht genau hinschaut, entdeckt auch noch da und dort andere Relikte des Tunnels, etwa Mauerreste und Gleisschotter. Doch aufgepasst, weit davor gähnt einen zur Rechten das Dunkel einer vergitterten Grotte an. Diese hat mit dem Schellfischtunnel nichts zu tun, vielmehr handelt es sich um die „Störtebekerhöhle", Reste eines künstlichen Wasserfalls der Parkanlage, die Cesar Claude Rainville im 18. Jahrhundert hier erbauen ließ. Eine fast versteckte Treppe geleitet dahin. Die Grotte aus Kalksandstein wurde im Jahr 1902 künstlich angelegt, um Wasser aus den Brunnen am heutigen Platz der Republik zu nutzen, der sich wenige Hundert Meter weiter oberhalb befindet. Zuvor war das Wasser der Brunnen einfach in die Elbe geflossen. Weil es nicht weiter verschwendet werden sollte, fing man es nun mit neu verlegten Rohren auf. So bildete sich auch ein den Elbhang hinabströmender Wasserfall. Lange war die inzwischen zugewucherte Grotte in Vergessenheit geraten. Obdachlose hatten sie entdeckt und als Schlafplatz genutzt, was Beamten des Bezirksamts auffiel. Man ließ das Gestrüpp entfernen und Gitter anbringen, sodass die „Störtebekerhöhle" wieder

Teile der alten Tunnelstrecke existieren noch immer.

von außen besichtigt werden kann. Woher der Name kommt, weiß niemand so genau.

Beim Schellfischtunnel indes handelt es sich um das einst bedeutendste Bauwerk der 1954 stillgelegten Altonaer Hafenbahn, auch eines ihrer Gleise ist darin noch übrig geblieben. Beides zusammen gilt heute als technisches Denkmal von besonderer historischer Bedeutung. Seinen Spitznamen erhielt der Tunnel, der offiziell Altonaer Hafenbahntunnel heißt, erst im frühen 20. Jahrhundert. Er verdankt ihn der Tatsache, dass hier zwischen 1889 und den 1920er-Jahren immer mehr Schellfische mit der Hafenbahn transportiert wurden. Nachdem der Hafen des einst dänischen Altonas zum Fischereihafen ausgebaut worden war, mauserte sich die mittlerweile preußische Stadt zum Zentrum der deutschen Fischindustrie. Etliche Räuchereien und fischverarbeitende Betriebe in Altona mit dem heutigen Hamburger Stadtteil Ottensen wurden auch über die Hafenbahn und den Tunnel beliefert.

In Betrieb war der Tunnel bereits ab 1876. Noch bis 1992 kamen hier leicht verderbliche Waren vom Altona-Kai am Kühlhaus Neumühlen angerollt, die dann unter der verkehrsreichen Max-Brauer-Allee hindurch und bis zum noch heute vorhandenen Bahnhof Altona gebracht wurden. Direkter, schneller und frischer – dank des kühlenden Untergrunds – ging es kaum. Zum ersten Mal in der Geschichte gab es damit im Großraum Hamburg einen unmittelbar an das Eisenbahnnetz angeschlossenen Hafen, sodass die Waren direkt vom Schiff auf die Güterzüge umgeschlagen werden konnten. Hamburg selbst, es war noch die Nachbarstadt Altonas bis Letzteres durch das „Groß-Hamburg-Gesetz" eingemeindet wurde, erreichte dies erst rund 20 Jahre später mit der Eröffnung des Sandtorhafens. Obendrein war der Schellfischtunnel die einzige unterirdische Güterbahnverbindung in der Region. Und ihre Geschichte reicht noch viel weiter zurück. Ihr Anfang spielt in Dänemark, zu dem die damals eigenständige Stadt Altona und das heute zu Schleswig-Holstein gehörende Kiel seinerzeit zählten.

Die anno 1844 eröffnete „König Christian VIII. Ostseebahn", eine nach dem dänischen Monarchen benannte Eisenbahnstrecke, verband diese beiden Städte und deren Häfen. Weil die Nähe zum Wasser Priorität hatte, wurde der Altonaer Hauptbahnhof direkt in den Elbhang gebaut, ungefähr 30 Meter über den zugleich fertiggestellten Kaianlagen am Elbufer – heute befindet sich in dem Gebäude das Rathaus des Hamburger Bezirks Altona. Diesen Höhenunterschied galt es zu überwinden, eine weitere unterirdische Verbindung bis zum Kai aber wäre zu teuer gewesen. Also legte man auf dem Elbhang die „geneigte Ebene" an, eine lange Rampe, über die die Waggons mithilfe von Seilwinden zum Tunnel hinaufbefördert werden sollten. Zu diesem Zweck wurden die am Kai beladenen Waggons auf Rollböcke umgesetzt und mit der Standseilbahn über den Hang gezogen. Für das letzte Stück bis zum Altonaer Hafenbahnhof zogen Pferde den Güterzug. Die nötige Maschinenkraft, welche die Güterwaggons für die Steigung benötigten, lieferten zunächst von Pferden angetriebene Göpel, bis sie ab 1849 von einer fest installierten Dampfmaschine und Seilzügen kam. Immer mehr Güter fanden nun über die Hafenbahnstrecke ihren Weg.

Rund 20 Jahre später war das Aufkommen so groß, dass die Strecke ausgebaut werden musste. Um dies zu erreichen, entstand nun auch der Altonaer Hafenbahntunnel im Elbhang. Stolze 395 Meter war er lang. Dank ihm gelangten die Güterzüge auf unmittelbarem Wege zu den Gleisen unten am Kai. Er trug maßgeblich dazu bei, dass das Transportvolumen gesteigert werden konnte. Im Jahre 1895, als der Altonaer Bahnhof in Richtung Norden versetzt wurde, benötigte der Hafenbahntunnel noch mehr Strecke. Sie fraß sich durch den Untergrund unter der heutigen Max-Brauer-Allee. Auf eine Gesamtlänge von fast einem Kilometer brachte es der Tunnel nun – genau genommen, waren es 961 Meter. Und die Menge an zu transportierenden Gütern wuchs und wuchs. Um sie bewältigen zu können, stellte man den Tunnel in 1911 auf den Betrieb mit elektrischen Lokomotiven um, als eine der ersten Eisenbahnstrecken in Deutschland.

In den folgenden Jahrzehnten wurde das inzwischen salopp als Schellfischtunnel bezeichnete Bauwerk mehrfach saniert und umgebaut. Unter anderem wurde der Strom der Bahnstrecke im Jahre 1932 auf 6 kV Wechselstrom umgestellt. Fortan konnten die elektrisch betriebenen Lokomotiven direkt die höhere Fahrdrahtspannung der S-Bahn übernehmen. Im Zweiten Weltkrieg nutzten die Altonaer den Tunnel als inoffiziellen Luftschutzbunker. In den 1950er-Jahren war dies die einzige U-Bahnstrecke

Auch der alte Hafenbahnhof steht noch immer.

Altonas. Während der Flower-Power-Zeit kam die Altonaer Hafenbahn zu einem im Norden ungewöhnlichen Namen: die „Gebirgsbahn" an der Unterelbe.

Doch so prosperierend es klingen mag, das Ende der Hafenbahn und ihres Tunnels war im Grunde schon kurz nach dem Zweiten Weltkrieg besiegelt, als der Handel mit fangfrischem Fisch rapide zurückging. Es lag am technischen Fortschritt. Inzwischen pflügten moderne Fischereiflotten durch die Meere, auf den Schiffen ließ sich der Fang sofort einfrosten und verbrauchsfertig verpacken. Hinzu kam, dass auf den Straßen immer mehr Lkw unterwegs waren, welche die Waren effektiver transportieren konnten als die in die Jahre gekommene Hafenbahn.

Als 1954 die Hamburger S-Bahn von Wechselstrom auf Gleichstrom umstellte, musste die Altonaer Hafenbahn ihren elektrischen Betrieb einstellen. Das Problem sollte ein erneuter Einsatz von Dampflokomotiven lösen, die jedoch – wie bereits früher

– massive gesundheitliche Beschwerden beim Bahnpersonal hervorriefen. So nahm der Güterverkehr auf dieser Strecke ab und die Deutsche Bundesbahn ließ Gleise und Weichen der Hafenbahn zurückbauen, Stellen wurden gestrichen, bis 1978 nur noch zwei Beschäftigte für den Betrieb der Hafenbahn zuständig waren. Schließlich kündigte die Deutsche Bundesbahn den mit der Stadt Hamburg geschlossenen Hafenbahnvertrag.

Zu Beginn der 1980er-Jahre zeichnete sich ab, dass der Schellfischtunnel geschlossen werden sollte. Das rief einige Bürgerinitiativen auf den Plan, schließlich ging es um ein Industriedenkmal mit Seltenheitswert, Zeugnis auch der Industrie- und Wirtschaftsgeschichte Altonas, und um den längsten Bahntunnel im Norden Deutschlands. Um ihn zu erhalten, setzte sich das Stadtteilarchiv Ottensen ein und bot interessierten Bürgern Führungen durch das Bauwerk an. Auch ein Verein zur Rettung der Hafenbahn Hamburg-Altona wurde eigens gegründet.

Kreative Ideen für eine alternative Nutzung und innovative Verkehrskonzepte des Schellfischtunnels sprossen. So stand er im Fokus der Hamburger Kunstszene bei Projekten wie dem der Gruppe „Sturmflut", die 1989 zum Hamburger Hafengeburtstag eine Ausstellung mit dem Thema „Kunst ohne Schwellen" im Tunnel veranstaltete. Weitere Ideen für Ausstellungen kamen auf, ja sogar eine Champignonzucht erwog man in dem unterirdischen Bauwerk anzulegen.

Es gab auch Überlegungen, den Tunnel in den Öffentlichen Personennahverkehr zu integrieren, doch der Hamburger Verkehrsverbund (HVV) ließ sich darauf nicht ein, wohl wegen zu hoher Kosten. Ein Investor plante, einen spurgebundenen, wasserstoffbetriebenen Bus als Shuttle durch den Tunnel fahren zu lassen. Zu diesem Zweck wurde im Jahr 2000 sogar schon ein neuer Bahnsteig mit Haltestelle eingerichtet. Er befand sich am südlichen Ende des Tunnels bei dem neuen Gebäudekomplex des Elbberg Campus. Doch auch diese Idee ließ sich aus finanziellen Gründen nicht durchsetzen, wie es heißt. Immerhin, ein klein wenig ist noch geblieben vom Schellfischtunnel und seiner wechselvollen Geschichte – unter anderem auch der erst spät errichtete Bahnsteig an seinem südlichen Ausgang. Gar nicht weit davon befindet sich der heutige „Hafenbahnhof", ein mehr als 100 Jahre altes Häuschen, das heute als Partylocation mit Bar, Club und Live-Musik dient. Der ungefähr einen Kilometer entfernte „Schellfischposten" indes ist durch Late-Night-Talk bekannt.

Unweit der Tunnelreste erzählt der Altonaer Balkon noch eine auf andere Weise dunkle Geschichte. Hier ist es etwas, das aus dem Grün aufragt: Oberhalb der Treppe zwischen Kaistraße und Elbberg steht die erstmals 1990 gefertigte Skulptur „Die Auswanderer" der Künstlerin Ljubica Matulec. Rund um eine Säule drängen sich Menschenmassen, es erinnert an die Enge an Bord eines Schiffes. Die Figuren stellen kroatische Auswanderer dar, wie sie von Hamburg aus meist nach Amerika auswanderten. Rund 400 000 Männer und Frauen waren es insgesamt. Die kroatische Kulturgemeinde schenkte die Skulptur der Stadt Hamburg zum 800. Hafengeburtstag.

Das Denkmal bestand ursprünglich aus Holz und hätte daher wohl nicht mehr lange existiert, also wurde es im Jahr 2008 durch einen Bronzeguss ersetzt. Davor berichtet eine Tafel auf einem Stein von den Hintergründen des Kunstwerks, auch ein Gedicht ist in deutscher und kroatischer Sprache zu lesen:

„Hier bin ich, so nah und doch so schrecklich fern.

Noch fühle ich dich leise und laut tief in mir.

Und schweig, obgleich ich allen sagen würd' so gern:

Wie sehnsüchtig bin ich, mein Heim, nach Dir!"

Eine Skulptur erinnert an die Enge an Bord eines Schiffes, mit der Auswanderer zurechtkommen mussten.

Hinterhof Reeperbahn Nr. 140

Schräg gegenüber des Restaurants „Schweinske" gab es 2015 eine wilde Schießerei zwischen den Rocker-Gangs Mongols und Hells Angels, bei der sich ein Taxifahrer aus seinem Wagen rollen musste, während dessen Beifahrerseite von Kugeln durchsiebt wurde. Zwei Straßen weiter befindet sich die Kneipe, in der ein hemmungslos Frauen zerstückelnder Serienmörder verkehrte. Fritz Honka war sein Name, viele kennen ihn inzwischen durch das 2019 erschienene Filmdrama „Der Goldene Handschuh" von Fatih Akin, basierend auf dem Tatsachenroman von Heinz Strunk. Der Psychopath Honka ermordete in den 1970er-Jahren mehrere Frauen und bewahrte ihre Leichenteile nahe seiner Wohnung auf.

Auch wenn manche angesichts dieser Nachbarschaft womöglich eine Gänsehaut bekommen (was nicht nötig wäre, denn so gefährlich ist die Reeperbahn nun auch wieder nicht): Im Hinterhof von Haus Nr. 140 ist heute nur der Eingang dunkel. Bei manchen Gästen dürfte er das Gefühl wecken, in einer überdimensionalen Lustgrotte zu verschwinden. Drinnen aber geht es zwar durchaus ziemlich feucht her, doch eher im Sinne von feucht-fröhlich. Während der Alkohol strömt und das eine oder andere Glas vom Tresen fliegt, können Gäste in zahlreichen Geschichten versinken, denn die Kiez-Kneipe „Zur Ritze" hat jede Menge davon zu erzählen. Sie sollte eigentlich „Zur Spalte" heißen, aber das war den Behörden zu schlüpfrig, so munkelt man. Durch zwei gespreizte Frauenbeine geht es hinein. Das frivole Gemälde stammt vom 2010 verstorbenen Kiez-Künstler Erwin Ross, auch bekannt als „Rubens von der Reeperbahn". Er malte unter anderem 1962 das Wolkenkratzer-Bühnenbild für den Star-Club, in dem die Karriere der Beatles begann.

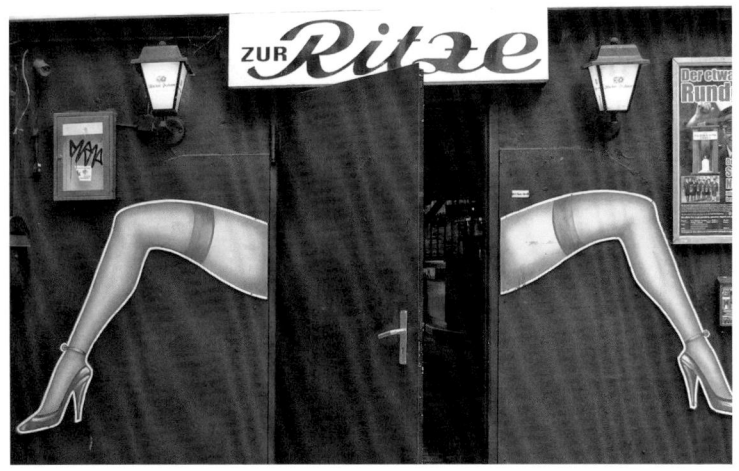

Was wie ein Zugang zu einer Lustgrotte wirkt, führt in eine Kultkneipe auf dem Kiez.

Wer die Vagina-Tür passiert hat, steht in einem Kultlokal. Legendär ist der hauseigene Boxring, in dem schon die Klitschkos trainierten, genauso Max Schmeling, Henry Maske, Dariusz Michalczewski und der spätere Weltmeister Eckhard Dagge – sein WM-Gürtel hängt hier an der Wand, neben etlichen Fotos und Autogrammen der inzwischen berühmten Fäusteschwinger. Wirt Hanne Kleine, der Gründer der Ritze, boxte einst selbst in der DDR-Nationalmannschaft. Also ließ er in die Tiefgarage unter dem Lokal einen Ring bauen. Andere Prominente fühlten sich am Tresen zu kreativen Höhenflügen inspiriert. Udo Lindenberg z. B. verfasste hier seinen Song „Ich schwöre", in dem eine Strophe lautet:

„Spiel meine Rollen auf verschied'nen Bühnen
Mal bin ich Penner – mal der Edelmann
Ich verkehr' mit Präsidenten und Ganoven
Doch wer kommt schon so richtig an mich ran?"
Man darf davon ausgehen, dass die Zeilen autobiografische

Züge haben. Auch Ben Becker und andere Künstler wurden in der Ritze schon gesichtet (ob bei Exzessen oder in geistige Sphären abdriftend, ist unbekannt). Nach dem Tod von Hanne Kleine im Jahr 2011 führte zunächst dessen Witwe das Lokal weiter. Doch sie wurde monatelang am Telefon bedroht. „Du hast hier nichts zu suchen. Gib die Ritze auf, oder du wirst es bereuen", Sätze wie diese sollen Presseberichten zufolge gefallen sein. Mit so etwas ist auf St. Pauli nicht zu spaßen, wusste die Dame. Also übernahm Carsten Marek als neuer Pächter die Ritze mit dem Ziel, ihre Tradition zu erhalten und besonders den Boxsport dort weiterhin zu fördern.

Eröffnet wurde die Kneipe wohl in den frühen 1970er-Jahren, als man die Dinge auf dem Kiez noch per Handschlag regelte. Einen Mietvertrag gab es erst ungefähr zehn Jahre später.

Ganz ohne dunkle Ereignisse kam man hier natürlich auch nicht aus. So erhängte sich am 18. Dezember 2006 der Zuhälter und Boxer Stefan Hentschel im Keller der Ritze. Der einst millionenschwere „Pate von St. Pauli" soll massive Geld- und Drogenpro-

Vor der Kneipe erinnert ein Hollywood-Stern an den Ritze-Gründer Hanne Kleine.

Im „Goldenen Handschuh" gefiel es einst dem Serienmörder
Fritz Honka.

bleme gehabt haben. Er ist auf dem Ohlsdorfer Friedhof begraben. Am 28. September 1981 lag der Zuhälter Fritz Schroer tot
im Schankraum der Kneipe. In der Szene nannte man ihn „Chine-
sen-Fritz" wegen seiner Schlitzaugen. Der Killer sei hereingekom-
men und habe ihn wortlos vom Hocker geschossen, berichtete die
Hamburger Morgenpost (MOPO). Demnach saß noch ein weite-
rer Zuhälter direkt daneben, der aus Österreich stammende Josef
Nusser alias „Wiener Peter". Es war der Auftakt zu einer spektaku-
lären Mordserie zwischen zwei Zuhältergruppen auf dem Hamburger Kiez.

Seither ist es relativ ruhig geworden in der Ritze, einmal davon
abgesehen, dass viele Gäste die Kult-Kneipe aufsuchen und ihre
Homepage www.zurritze.com inzwischen sogar über einen On-
lineshop verfügt. Nebenbei, auch zwei Straßen weiter lässt es sich
aushalten, und das rund um die Uhr: In der Kneipe „Zum Goldenen
Handschuh", heute heißt sie auch „Honka-Stube", soll zumindest
schon lange kein Serienmörder mehr gesichtet worden sein.

Schneeberge im Seefrachtcontainer

Im Januar 2017 standen die Zollbeamten vor einer Palette, auf der sich Dutzende riesiger Pakete stapelten. Die Ware stammte aus einem Seefrachtcontainer. Sie war mit Bleiblechen ummantelt, in mit Blei ausgekleideten Säcken verstaut und unter Metallschrott versteckt worden; obendrein waren die Blöcke mit Benzin getränkt worden. Die Schmuggler hatten sich also einiges einfallen lassen, um die Röntgenanlage und die Nasen der Spürhunde auszutricksen. Doch sie hatten wohl die Riechorgane genauso unterschätzt wie die Container-Röntgenanlage des Hamburger Hafens, einen 60 Meter langen Apparat, der komplette Lastwagen mitsamt ihrer Ladung zu durchleuchten vermag. Sie macht Inhalte sichtbar, ohne dass der Container zuvor geöffnet werden muss. Auch die Hunde schlugen an.

So gelang es den Beamten der Bundespolizei, ganze 717 Kilogramm Kokain sicherzustellen. Es war einer der größten Rauschgiftfunde in der Geschichte des hiesigen Zolls. Auf marktübliche Werte umgerechnet war es sogar noch viel mehr. Das weiße Pulver, im Branchenjargon auch als „Schnee" bekannt, hatte einen äußerst hohen Reinheitsgrad von 80 Prozent. Das entspricht nach Angaben des Hamburger Zollfahndungsamtes in der für den Straßendeal üblichen Streckung einem Gewicht von 2,8 Tonnen. So hätte die geschmuggelte Ware insgesamt 145 Millionen Euro einbringen können. Die Droge kam von der Karibikinsel Curaçao und sollte weiter bis in die Niederlande transportiert werden, wo sie wohl in zahlreiche Nasen gelangt wäre. Stattdessen war die Polizei nun einer international agierenden und als äußerst brutal geltenden Täterorganisation auf der Spur. Wie der „Spiegel" berichtete, ergaben Ermittlungen im In- und Ausland, dass der Drogenfund mit einer Entführung in den Niederlanden zusammenhing. Wohl aus diesem Grund machten die Behörden den Fall auch publik, ohne jedoch mehr Details preiszugeben. Es sollten keine weiteren Menschen gefährdet werden.

Erst 2010 hatten Zollbeamte im Hamburger Hafen 1,2 Tonnen Kokain in einem Frachtcontainer abgefangen. Mithilfe der Röntgenanlage im Zollamt Waltershof wurde auch der Schmuggel von mehr als 100 000 gefälschten Parfüms unterbunden – die Täter hatten versucht, die duftende Ware hinter einer Tarnladung aus Uhren und Lampen zu verstecken.

Das oft so bezeichnete „Tor zur Welt" ist auch ein Tor, durch das die Welt hereinbricht: Rund 8700 Seeschiffe erreichen jährlich den Hamburger Hafen, darunter Frachtgiganten mit bis zu 400 Metern Länge und einer Kapazität von 19000 Standardcontainern. Fast 140 Millionen Tonnen an Waren werden im selben Zeitraum umgeschlagen. Eine Drehscheibe für den Handel aus aller Welt war dies schon im 19. Jahrhundert, und damit genauso auch für illegale Geschäfte. Manch einer vermied es, auch noch Zölle auf die ohnehin schon teuren Waren zu bezahlen. Schmugglerbanden brachten Kaffee, Tee, Gewürze, Alkoholisches über die Elbe, oft im Dunkel der Nacht, so manche fanden sich im Lichtkegel der Taschenlampen von Zöllnern wieder. Auch Diebesgut und andere verbotene Dinge wie Plagiate von Markenprodukten, Relikte der Wilderei oder Drogen finden sie dabei immer wieder.

Der Schmuggel selbst hat zwar eine lange Geschichte, doch Experten beobachten, dass sein Umfang zunimmt, offenbar proportional zum Ausmaß des Warenhandels. Wer mehr über die historischen Hintergründe und die Verfolgung des Schmuggelwesens erfahren möchte, begibt sich am besten in das Deutsche Zollmuseum. Die modern inszenierte Dauerausstellung ist in passendem Ambiente untergebracht, im alten Zollamt Kornhausbrücke in der Speicherstadt. Besucher erleben hier die Zollgeschichte vom Altertum bis zur Gegenwart. Zu besichtigen sind Schmuggelverstecke, Markenfälschungen, Uniformen, ein ausgedienter Zollkreuzer und noch vieles andere mehr. Insgesamt sind es rund 1000 Exponate auf einer Gesamtfläche von 800 Quadratmetern, erweitert um interaktive Elemente sowie Film- und Hörstationen. In der historischen Abteilung beginnt eine Zeitreise zur Geschichte des Zolls von der Römerzeit über das Deutsche Kaiserreich bis hin zur Teilung und Wiedervereinigung Deutschlands. Sogar zum Filmstar wurde das Museum schon, als es in den 1990er-Jahren in der Fernsehserie „Schwarz-Rot-Gold" mit Uwe Friedrichsen als Zollfahnder Zaluskowski als Drehort diente.

Das Deutsche Zollmuseum in der Speicherstadt mitsamt einem ehemaligen Zollschiff, das auch zu besichtigen ist.

Vor dem Museum stehen das alte Grenzschild und ein Teil eines
U-Boot-Fangzauns.

Im Hafen beschlagnahmte Schmugglerware ist auch im Altonaer Museum für Kunst und Kulturgeschichte zu bestaunen,
darunter Dinge wie konservierte Vogelspinnen und gefälschte
Rolex-Uhren. Alle, die außerdem noch in Themen wie Havari-
en und historische Schifffahrt versinken möchten, sollten sich
auch die anderen Abteilungen ansehen. So reihen sich in einem
Saal 18 Galionsfiguren aneinander und scheinen einen förmlich
anzustarren. Es ist eine wohl einzigartige Sammlung mit Origi-
nalen und Rekonstruktionen: z. B. die Figur eines Mädchens
im antikem Gewand, das sich im 19. Jahrhundert der See ent-
gegenstemmte, mit entblößten Brüsten und grimmigen Manns-
köpfen anstelle von Oberarmen. Die einer andere junge Dame
stammt nachweislich vom Bug der „Pindos", der früheren englischen Viermastbark „Eusemere". Sie wurde 1890 in Workington
erbaut und versank 22 Jahre später im englischen Kanal mitsamt der Besatzung und dem Kapitän Andreas Sandvej. Auch

ein Geschwisterpaar aus Pitchpineholz ist ausgestellt, als Doppelfigur eine Seltenheit. Etwas Besonderes ist die Figur „Jonas im Wal" aus dem 17. Jahrhundert. Aus dem aufgerissenen Maul eines präparierten, gebogenen und bemalten Heringshais ragt ein bärtiger Mann heraus, die Hände zum Gebet zusammengelegt. Es handelt sich um den aus Holz geschnitzten Jonas. Ein großer Fisch verschlang den Propheten, steht im Alten Testament, und spie ihn nach drei Tagen wieder aus.

Je nach Epoche und Schiffseigner war die Galionsfigur auch mal als Nixe, Tier, Wappenfigur, Krieger, Indianer, Kaufmann oder Fürst gestaltet. Besonders zwischen dem 17. und frühen 20. Jahrhunderts gehörte sie zum Schiff wie Steuerrad und Masten. Sie sollte Geister vertreiben und vor Unglück bewahren. Als böses Omen galt es, wenn sie beschädigt wurde.

Zeug zwischen den Arschbacken

Es scheint, als würde der ehemalige Reichskanzler über den kleinen Park wachen, beim Millerntor am östlichen Ende der Reeperbahn in Hamburg St. Pauli. Bis zu fast 35 Meter hoch ragt seine Statue hier auf, es gilt damit als das größte Bismarck-Denkmal auf der ganzen Welt. Jedoch, wie es so ist bei steinernen Personen, sie können nicht reden. So schwieg dieser Bismarck auch im August 1995, als sich ganz in seiner Nähe ein blutiges Verbrechen ereignete. Auf einem Parkplatz wartete Henry-Oliver Jakobs auf seine Opfer und eine Geldsumme in Höhe von 40 000 Euro. So viel hatte der damals 28-Jährige zuvor mit den beiden ahnungslosen Männern ausgehandelt, die sich von ihm dafür eine besonders wertvolle Briefmarkensammlung erhofften. Hier nun sollte die Sammlung ihren Besitzer wechseln und zugleich das Geld übergeben werden. Stattdessen aber zückte Henry-Oliver Jakob eine Waffe. Einer der beiden Männer war sofort tot, der andere wurde so schwer verletzt, dass er von nun an für immer im Rollstuhl sitzen sollte. „Streit um Briefmarken – Kopfschuß" titelte die Hamburger Morgenpost (MOPO) am folgenden Tag. Und bei Henry-Oliver Jakobs klickten die Handschellen.

19 Jahre saß er in „Santa Fu", wie Hamburger die JVA Fuhlsbüttel salopp bezeichnen. Wieder in Freiheit, berichtete er der MOPO darüber, wie es sich im Knast angefühlt hatte: Seine Tage begannen mit der sogenannten „Lebendkontrolle": Um sechs Uhr morgens weckten ihn Justizbeamte, um sicherzugehen, dass er sich auch nicht umgebracht hätte wie so viele andere Häftlinge zuvor. Nach einem Frühstück fing für ihn der Arbeitstag an. Alle Gefangenen mussten zum Beispiel handwerklich tätig werden, die Flure reinigen oder auch mal Essen

ausgeben. Zwischendurch gab es pro Tag zwei Stunden Freizeit, eine davon durfte im „Freien" verbracht werden – sofern man einen Gefängnishof so bezeichnen kann. Um 18.30 Uhr schloss sich für Henry-Oliver Jakob wieder die Tür seiner Zelle. Wer es nicht schaffte, irgendwie mit der Situation klarzukommen, brachte sich um oder versuchte all die Jahre mit Rauschmitteln zu überstehen. Offenbar gehören sie zum Knastalltag wie eine vierte Mahlzeit. „Also ich glaube, es gibt kein Gefängnis auf der Welt, in dem es keine Drogen gibt", erzählte Henry-Oliver Jakobs gegenüber der Boulevardzeitung. In den meisten Fällen würden die von Familienangehörigen oder anderen Besuchern reingeschmuggelt. „Ich sag's jetzt mal, wie es ist: Der Vater schiebt sich das Zeug zwischen die Arschbacken und übergibt es beim Besuch. Der Sohnemann, der einsitzt, schluckt dann das, was gerade noch zwischen den Pobacken seines Vaters klemmte." Eher selten käme es hingegen vor, dass Beamte Drogen reinschmuggeln. Angesichts der paar Euro, die für ein Gramm Hasch oder Marihuana üblich sind, lohnt es sich demnach für sie kaum. Ob „eher selten" nun wirklich so viel bedeutet wie: „aber manchmal durchaus schon", das soll hier nicht weiter hinterfragt werden. Auch Gewalt gehört zum Alltag im Gefängnis, für den Mörder nur eine logische Konsequenz. „Klar herrscht im Knast Gewalt. Muss auch. Sind ja alles Verbrecher." Jeder, der direkt nach dem Urteil reinkomme, sei voller Wut. „Auch ich habe mich anfangs viel geschlagen", gab er im Interview zu. „Getrennt von seiner Familie, von seinen Freunden. Viele gestehen sich erst nicht ein, dass sie schuld sind. Manche auch nie." Doch schlimmer noch war für ihn das, was er als „psychische Gewalt" bezeichnet. „Von morgens bis abends sagen dir fremde Menschen, was du zu tun und zu lassen hast. Das macht was mit einem. Viele gehen daran kaputt."

Angesichts dieses Ausblicks brachten sich auch manche um, andere behalfen sich mit Drogen.

Auch Volksweisheiten wie „Essen und Trinken hält Leib und Seele zusammen" oder „Ein gesunder Geist in einem gesunden Körper" erwiesen sich in der JVA als Nonsens. Für Henry-Oliver Jakobs zumindest war das Essen aus der Großküche eine Katastrophe, wie er am Beispiel Spaghetti Bolognese erläutert: „Man freut sich drauf. Was dann aber serviert wird, sind zu weiche Nudeln, die man nicht mal mehr kauen muss, und eine Bolognese, die nur aus zerkochten Tomaten und null Hack besteht." Weil zudem die Portionen so klein seien, kauften sich viele von ihrem eigenen Geld beim Knast-Kiosk Tiefkühlpizzen und andere Lebensmittel.

Einmal pro Woche bekamen die Häftlinge „Panzerfett", so nannten sie die Margarine, die sie sich selbst rationieren mussten. Für das Frühstück und das Abendbrot an den sieben Tagen musste sie reichen. Immerhin gab es auch Schoko-Creme, Marmelade, Wurst und Käse dazu, und sogar vor Ort frisch gebackenes Brot. Fast ein wenig begeistert klingt Henry-Oliver Jakobs, als er davon berichtet. Das eine oder andere Film-Klischee muss aber wohl aus dem Weg geräumt werden. So essen die Gefangenen nicht alle gemeinsam in einem großen Saal, wie in Köpfen entstehende Bilder vermuten lassen, sondern alleine oder mit einem Kumpel zusammen in ihrer Zelle. Es ist ein Leben auf acht Quadratmetern, das der inzwischen geläuterte Verbrecher im Jahr 2018 hinter sich lassen konnte. Er fand dann Gefallen an der Kriminalitätsprävention, wurde bei Gefangene helfen e. V. mit Sitz in Elmenhorst tätig. Dieser gemeinnützige Verein hat sich das Ziel gesetzt, Kinder und Jugendliche zum Thema „Folgen kriminellen Handelns" aufzuklären und zu sensibilisieren. Der Präventionsunterricht dreht sich um Themen wie zum Beispiel Gewalt, Mobbing, Freundschaft, sozialpädagogisches Kompetenztraining oder Drogenmissbrauch.

In Santa Fu indes ist vermutlich vieles noch beim Alten. Das Hamburger Hochsicherheitsgefängnis wurde im 19. Jahrhundert errichtet, um die grausamsten Verbrecher Hamburgs wegzusperren. Alle, die es besuchen möchten, können dies in der Hamburger Speicherstadt tun – sozusagen. In den Abgründen des „Hamburg Dungeon" können sich die Besucher ein Bild davon machen, wie es heute in so einem Gefängnis aussieht, und erfahren, ob die Zustände wirklich so schrecklich sind, wie es in den Gassen von Hamburg erzählt wird.

Weitere Bücher über Hamburg

**Moin Hamburg –
Das Rätselbuch**
Wolfgang Berke, Ursula Herrmann
64 Seiten, Softcover
ISBN 978-3-8313-3336-3

**Weihnachtsgeschichten
aus Hamburg**
Christine Lendt
80 Seiten, Hardcover
ISBN 978-3-8313-3008-9

**Aufgewachsen in Hamburg
in den 40er und 50er Jahren**
Gerhard Schöttke
64 Seiten, Hardcover
ISBN 978-3-8313-1867-4

**Aufgewachsen in Hamburg
in den 60er und 70er Jahren**
Sandra Goetz
64 Seiten, Hardcover
ISBN 978-3-8313-1868-1

Wartberg-Verlag GmbH
Im Wiesental 1   34281 Gudensberg
www.wartberg-verlag.de

Bücher für Deutschlands Städte und Regionen
Tel. 0 56 03 - 93 05 0
Fax. 0 56 03 - 93 05 28